在文学中成长·中国当代教育文学精选

高长梅 王培静 ◎ 主编

流落街头的青春

高薇 著

花山文艺出版社

图书在版编目(CIP)数据

流落街头的青春 / 高薇著.—石家庄：花山文艺出版社，
2013.8(2021.5 重印)

（读·品·悟：在文学中成长·中国当代教育文学精选 /
高长梅，王培静主编）

ISBN 978-7-5511-1398-4

Ⅰ.①流…　Ⅱ.①高…　Ⅲ.①散文集 – 中国 – 当代

Ⅳ.① I267

中国版本图书馆 CIP 数据核字(2013)第 186071 号

丛 书 名：在文学中成长·中国当代教育文学精选
主　 编：高长梅　王培静
书　 名：*流落街头的青春*
作　 者：高　薇

策　 划：张采鑫
责任编辑：于怀新
责任校对：齐　欣
特约编辑：李文生
全案设计：北京九洲鼎图书有限公司
出版发行：花山文艺出版社(邮政编码：050061)
　　　　　(河北省石家庄市友谊北大街 330 号)
销售热线：0311-88643221
传　 真：0311-88643234
印　 刷：永清县晔盛亚胶印有限公司
经　 销：新华书店
开　 本：710×1000　1/16
字　 数：155 千字
印　 张：10.5
版　 次：2013 年 9 月第 1 版
　　　　　2021 年 5 月第 2 次印刷
书　 号：ISBN 978-7-5511-1398-4
定　 价：39.80 元

CONTENTS | 目 录

Chapter 1
第一辑 开自己的花

Chapter 2
第二辑 **不老的梦想**

CONTENTS | 目录

Chapter 3
第三辑 水样的年华

Chapter 5

第五辑 轻风吹过风铃花

Chapter 6
第六辑 **乡下母亲没名字**

第一辑 / **开自己的花**

玉 兰 飘 香

老家的院子里有一棵高大的玉兰树，每年春天，洁白的花朵在光秃秃的枝头上竞相开放，整个世界似乎也被这耀眼的洁白照射得晶亮晶亮，玉兰花淡淡的香气在风中飘啊飘，穿过村子的大街小巷，一直飘到很远的地方。从我记事起，奶奶总是给我们唠叨着关于这棵玉兰花的故事。

20世纪50年代初期，父亲从济南财校毕业后主动要求到贫穷落后的沂蒙山区工作，几年后，在美丽的沂河岸边与我的母亲相遇，不久两人便结了婚。1957年那一场猛烈的政治风暴，使我年仅23岁的父亲一夜之间变成一个右派，当时身为高干的外公硬是让妈妈与爸爸离了婚。在一个凄风苦雨的黄昏，爸爸拖着疲惫的双脚，踏上了故乡遥远而漫长的路。那一年妈妈才20岁，身边还带着不满周岁的姐姐。爸爸回到老家，老宅的院子里便多了一棵玉兰树，因为妈妈的名字叫玉兰。

两年以后，在一个玉兰花开的季节，爸爸扯上一块碎花的棉布，经过两天两夜的奔波，重新来到了妈妈身边，当爸爸试图和快三岁的姐姐亲近时，姐姐望着这个满面风尘的陌生人号啕大哭，急急地躲到妈妈的身后。那种情景撕扯着妈妈的心，几天后，妈妈毅然放弃了自己优越的工作，跟随爸爸回到了老家。听奶奶说妈妈跨进院门时，就被眼前已经一人多高的玉兰树惊呆了，妈妈站在那株玉兰树下，望着满树洁白的花朵，哭了好久。

从此，原先那个空旷寂静的小院子有了欢声和笑语，那个暗淡清冷的老屋里充满了温馨和甜蜜。后来，哥哥和我相继来到了人间，三个孩子虽然给我的父母带来了许多欢乐，同时也给他们的生活增添了巨大的负担。所以，不管什么季

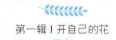

节，每天清晨，那棵玉兰树下都有爸爸和妈妈忙碌的身影。

记得那是一个玉兰花开的早晨，我从睡梦中刚刚醒来，就闻到一阵淡淡的花香，我悄悄起床趴在窗台上向外张望，忽然间我被院子里的景象惊呆了，只见爸爸正用粗糙的手将一朵洁白的玉兰花插在妈妈油黑乌亮的发丝上，正在干活的妈妈停下了手中的活儿，慢慢地低下了头，洁白的花朵衬托着妈妈娇羞的面庞，成为那个古朴的院落里一道最美丽的风景。我恍然大悟，原来妈妈的花影飘香都是爸爸给插上的啊，那一刻我真得好感动，为爸爸的柔情，也为妈妈的娇羞，真的无法用语言准确地表达出我那个时刻的心情，但是可以肯定地说，那种感觉真的是很好很好。

就是在那段最艰难的日子里，妈妈的爱如同那一树洁白香醇的玉兰花，使那一个个枯黄的日子变得有枝有叶馥郁芬芳，使爸爸那颗饱受磨难的心灵得到滋润和营养。因为有了这份爱，爸爸才终于熬过了20个严寒酷暑，迎来那重现光明的日子。

离开老家已经很多年了，但是关于玉兰花的记忆仍然那么清晰。每当我望着爸爸妈妈那如雪的白发时，总会想起那个玉兰飘香的清晨，还有那在淡淡晨雾里轻轻摇曳的花影，我一直为有这般美丽的爸爸妈妈而深深地感动。

故乡的芦苇

春夏两季，在我的故乡，无论是河旁渠边，还是湖滩池塘，随处可见一大片一大片的芦苇。

5月里槐花飘香的时候，远处看，一大片一大片的芦苇浓稠茂密，起起伏伏，简直成了绿色的海洋；近处看，芦苇摇着纤细的腰肢随风轻舞，抖动的苇叶如无数条碧绿的绸带，那绰约的风姿抵得上下凡的仙女。

初春，万物竞发，千万棵芦苇也破土而出，密密匝匝的，鲜嫩嫩如婴儿口中的乳牙。几场春雨过后，芦苇就已郁郁葱葱，婆娑起舞，芦苇荡是我们最爱去的地方。特别是端午节来临前，我总和一群小伙伴拎着篮子穿行在芦苇丛中。首先找一节粗细适中的芦秆，截成一断一断的，用小刀削出了茬，开出小口，安上芦叶，一支芦哨就做成了。放在嘴上一吹，"嘟——"，那哨音清脆悠扬。然后，拣那最宽、最绿的苇叶打来，扎成一捆捆的，准备回家包粽子用。我们唱着、笑着、嬉闹着，歌声、笑声、嬉闹声，在绿色的海洋里荡漾，不时惊起一群群水鸟，扑啦啦飞向碧蓝的天空。

回家后，奶奶把苇叶洗得干干净净，包成一个个三角型小巧玲珑的粽子，用慢火煮出的粽子，芦苇叶清香的味道能够充分地渗进去，味道美极了，咬一口满嘴生香。过端午节的日子里，按故乡的风俗要走亲访友，我总是跟着奶奶，提着一串串粽子，尽情地享受着那淳朴的乡土风情。

深秋，正是芦花飘飞的季节。大片大片金灿灿的苇秆上，摇着一团团银光闪闪的芦花。风起时，远远望去，芦苇丛像一片波涛起伏的海洋。苇絮飘飘，白雾茫茫，这时，才真正体会到如火如荼的意境。小伙伴们采来团团芦花，等寒冬到来，把它垫在棉鞋里，既保暖又暄软，再冷的天也会感到暖暖的。

家乡人盖房子，芦苇是必不可少的材料。秋天，人们把割来的芦苇，码成一扎一扎的，再用细绳连起来，铺在排好的檩条上，上面涂上泥，再挂上瓦。这样的房顶又结实，又保暖。

记得有一次，我望着刚钻出土的苇芽问奶奶："芦苇收割了，又没人种，怎么又长出来的呀？"奶奶抚摸着我的头说："孩子，芦苇是有根的呀，它的根深深地扎在泥土里，春天来了，它就会长出来的，你看，它的生命力多么顽强呀！"

故乡的芦苇啊，你对人无所求，给人的却是极好的东西，可以说，你把一切都奉献给了人类。

离开故乡这么多年了，只有童年的那一首首歌谣，在我心中久久吟唱，只有故乡那大片大片的芦苇荡，才那么的让我魂牵梦绕！

心似莲花开

那一年，正是席慕蓉的诗文席卷大陆的时候，正值青春年华的我，和其他的年轻人一样，一下子就喜欢上了她，那些描写莲的诗文和她笔下那份无怨无悔洁白无瑕的美好情怀，更是深深打动了我的心。

那时候，我还在一个大山深处做孩子王，当时也正怀揣着一份如莲的心事，我也开始迷恋莲以及与莲有关的东西。于是，我也常常对那些十来岁的孩子们传达自己这份掩藏不住的心意。我敢说，那段时间里"莲"是我提得最多的一个字。

还记得那是一个夏日的黄昏，西天上的最后一抹夕阳在暖暖的风中飘来飘去，我领着孩子们来到校园里的荷花池边，一朵朵洁白的莲花在黄昏的夕阳里更显得楚楚动人，在孩子们的欢声笑语里我开始布置这一次活动的任务："同学们，你们眼前的这种花在中国人的心目中占有非常重要的地位，被称之为'花中君子'，从古到今，很多文人的诗词歌赋里都有莲花的芳踪，今天我想看看谁掌握的莲花知识最多，咱们就把谁选为班里的莲花仙子好吗？"

"好——"

没等我话音落地，孩子们的回答声已经响成一片。

"小荷才露尖尖角，早有蜻蜓立上头。"

"接天莲叶无穷碧，映日荷花别样红。"

"荷叶罗裙一色裁，芙蓉向脸两边开。"

"叶上初阳干宿雨，水面清圆，一一风荷举。"

……

一只只小手举起又放下，一张张小脸因激动而涨得通红，孩子们争先恐后地说着，许多莲花诗从他们口中流淌而出，我用赞许的目光望着他们，不住地微笑点头："今天，老师真是太高兴了，没想到你们小小的脑瓜里藏了这么多知识，不光记住了课本上的诗，还从课外学到了好多东西，真了不起！"我适时地夸奖鼓励着孩子们："莲花诗你们说了不少，同学们能不能说出一些有关莲花的故事和莲花的知识呢？"

"老师，我知道哪吒是莲花化身的小英雄，他法力高强还很勇敢。"

"老师，我知道菩萨降生时鲜花开满了大地，沼泽地里开出了一朵大大的莲花，为了避免土地神的刁难，总是坐着莲花到大地上降妖除魔。"

"老师，我还知道莲子、莲叶、莲藕都可以做食物还可以入药。"

……

我高兴极了，心里也满是惊奇，没想到孩子们的参与热情会如此高涨，更没想到孩子们的心里竟然装着这么多不为人知的故事，我何不再进一步引导一下，让他们更加了解莲花所蕴含的深意呢。

"同学们，你们懂得的可真不少，那么，从古到今为什么会有这么多人喜欢莲花并歌颂莲花呢？"孩子们七嘴八舌地相互讨论着，接着我加以引导总结，孩子们很容易地就体会出莲花所象征的纯洁美好的高尚品格。这样，在轻松快乐的活动中，孩子们既掌握了知识，又受到了深刻的思想教育。

活动结束了，孩子们仍然沉浸在欢乐之中，一张张笑脸绽放成一朵朵莲花模样，沐浴着金色的夕阳，显得格外漂亮，而我的心也开在了其中，与那一朵朵莲花一样，散发出淡淡的馨香。

开自己的花

2006年夏季的一天，我在一本旧杂志上读到一篇文章，大意说每个女人都是一朵花，或娇艳，或素雅，即使到了80岁年龄，仍然可以活得光鲜漂亮，可以开出属于自己的花。

掩卷之后，我陷入沉思之中，不知不觉间，竟然有一种莫名的伤感袭上心头。作为一个女人，四十年来一直平平淡淡地生活着，从没刻意追求过什么，却一直自认为幸福和满足，也从不曾想过在某一个时刻，开出一朵和别人不一样的花朵。

就是这个关于女人的话题，让我忧伤了好些日子，忧伤的同时，内心深处也隐隐生出一些渴望，渴望什么呢，却又说不清楚。静下来时我开始仔细地搜寻自己的记忆，却突然发现，文学对于我来说仍然是遗落在时间长河里的一个美好的梦想。于是，我开始不停地买书，从网上、小报亭里、旧书摊上……像淘宝一样，只要是关乎文学的就买。一本本书，为我打开了一扇扇窗，像一缕缕清新甘冽的空气，在我的生命中流淌。

于是，我也试着写东西了，起初写得较随意，或者就是模仿读到的一些文字，写好后配上漂亮图画，贴到博客上，工作之余的时间，全用来做这些事了，累并快乐着。后来，县里有位搞了二十多年文学创作的朋友看到我的博客后，在我的博文下留言联系，鼓励并引导我投稿，对我的文字进行了一系列的指导，并将我带进县里的文学圈子，介绍我与一些在文学创作道路上跋涉多年的朋友建立了友谊。渐渐地，我也开始学着他们的样子，将一篇篇稿子寄往全国各地，在一次次石沉大海后，我高涨的情绪开始变得低落和沮丧，这才知道这条路并不好走。那时正值2007年夏天，我禁不住把自己的苦恼向读大学的儿子说了，问他现在学习写作是不是太晚了，不料儿子却用坚定的语气对我说，一点儿也不晚，齐白石四十几岁时还是一个木匠，不也成了世界上著名的画家？只要是有心，总有一天就会敲开理想的大门。听了儿子的话，我信心陡生，并认真地分析了自己的情况。20世纪80年代初期，虽然无数次地做过文学梦，可20年过去了，自己曾经认真地读过几本书？家庭、孩子和工作成为我20年来不读书的最好的借口。周围有的人已经在这条路上苦苦奋斗了几十年，才有了些成就，自己空凭了三分钟的热度，就想发表作品，这不是异想天开吗？就从现在开始，从小小说入手，一点一点地学，一步一步地走，天上从来就不会掉馅饼，不管想做成什么事，都不可能有捷径可走。想通了，心也随之平静下来，于是，我躲进一间小屋，如饥似渴地啃起书本来，那个暑假里我读了足有几千篇小小说，遇到特别喜欢的便打印出来，随身带着，反复读，反复琢磨，并且一边读一边写，几个月后，我的小小说《对门》、《今年流行穿靴子》等终于在《鲁南商报》、《沂蒙晚报》上发表了。

2008年8月8日，是北京奥运会拉开帷幕之时，那个夜晚，我关了房门，静静地坐在电脑前，将如火如荼的赛事挡在门外，琢磨着如何修改刚刚写的小小说《梅花妆》。深夜悄悄来临了，我浑然不知，我的精神一直处于高度亢奋之中，我一句句琢磨着，一字字修改着，感觉差不多了，第二天便拿了去找引领我走上文学道路的老师看，在老师的指点下我再做修改，修改后再找老师看，反复多次之后，我终于敲开了这次赛事的大门，经过四轮激烈角逐，最终取得了2008全国小小说新秀大赛第七名的好成绩，是山东省唯一进入前十名的作者。

也许就是从那次大赛之后，我才真正爱上了文学。作为一名乡镇小学教师，我平时的工作是忙碌的，但我总能抽出时间来读书写作，在晨光微曦的清晨，在月色如水的夜晚，我如饥似渴地汲取着书中的营养，废寝忘食地写作着。周末和节假日里，更是我集中学习的好时光，我对家里人说，现在我终于知道"吃墨水"、"撞电线杆"的故事全是真的，绝不是人们杜撰出来的。有时候在构思一篇小说时，即使睡觉脑子也不会闲下来，半夜突然醒来，脑子里竟然全是自己的小说，这时我便赶紧爬起来，将脑海里闪现的东西记下来，然后再躺下，可睡不多久，又突然惊醒，再爬起来。我的床头上永远都准备着随时记录的笔和本子，一夜里爬起来几次的时候也不少，家人对此很不理解，周围有些人也常常问我，这样子有什么意义？难道就不嫌累？文学究竟有什么用？面对这些问题，我无以答对，思索良久也得不出答案。文学对于我，有什么用？有用，还是没用？我不知道，但我的心却告诉我，生活里再也不能没有它，这一生一世，是再也丢不下了！

回顾自己短短的文学创作历程，我深深感受到：只要心中有梦，无论何时都可以追求。几年来，我已有一百多篇作品陆续在全国一些著名期刊上发表了，还出版了自己的两部小说集。如今，我已习惯了一有空闲就坐在电脑前，用文字述说自己的故事，书写内心的情怀。虽然写得不够多，也不够好，但我知道，我正在以自己独特的方式，像一朵花一样，吐露着属于自己的美丽和芬芳。

花　事

一

对于奶奶的记忆，最多的莫过于和花有关的事了。

记忆里的奶奶和其他的乡村女人是不一样的，奶奶有文化，爱清洁，性情温婉贤淑，这在那时的乡村里是很少见的。曾经零星写过一些关于奶奶的文章，但总是觉得自己拙劣的语言无法写出奶奶的那种特别和美丽。

那时候，奶奶住在故乡的老屋里，老屋只有三间，矮矮的，土坯的墙，地也是用土夯成的，屋顶茅草铺就，最上面周围有两三层灰色的瓦片，样子十分粗糙简单，只有屋脊两端不知名的黑灰色兽头，才显示出一些威严。老屋虽然低矮狭小，院子却非常宽敞，大大的院子被奶奶收拾得干干净净，里面栽种了各种各样的花，一年四季花香飘溢，美丽极了。

在那些花中，我最喜欢的当属蔷薇花、夹竹桃和玫瑰花了，因为这几种花给我枯燥的童年生活涂上了一笔笔浓重的色彩，留给我太多的美好记忆，多少年过去了，一想起它们，脑海里就闪现出许多美丽的花事。

二

喜欢蔷薇花，最主要的是因为我的名字叫"薇"。暮春时节，那些粉红粉白的蔷薇花开了，一簇簇挂在南墙的绿垛上，风儿吹来，那绿底粉花的绸缎便起起伏伏，似大海里泛起的波浪，简直美丽极了。姑姑曾多次对我说，妈妈生下我的时候，正是南墙上蔷薇花开得最盛的时节，奶奶说，就叫薇薇吧，于是，我便有了一个美丽的乳名。知道了这些，我心里特别高兴，觉得自己的名字非常美丽，也知道了我的名字是带着奶奶和家人无限希望的。那时候，我小小的心里有了一个强烈的愿望，就是长大后一定做一个美丽的人。后来，我慢慢长大了，一切都是那么平常，如今已年逾不惑，仍然平淡地生活着，并没有做出什么让人惊奇的事情，想来，这辈子也就如此了啊。如今，偶尔想起早已去世的奶奶时，内心里也会突然生出一些羞愧之情。

三

关于夹竹桃的记忆，也是非常美好的。奶奶院子里的夹竹桃就在几垛蔷薇花的旁边，淡红色、艳红色、紫红色的都有。夹竹桃也是在暮春时盛开的，那时候，我们一伙小女孩就常常集合到这里，做得最多的事便是染指甲。揪一些花瓣儿捣碎了，相互涂在对方的指甲上，然后用叶子包了，再用丝线捆了，第二天便再凑到一起比一比，看谁的指甲染得最红最艳。那时候日子过得贫困，我们没有美丽的衣裳穿，也没有什么娱乐活动，但这些普普通通的夹竹桃花却给我们带来了意想不到的欢愉，每年，都让我们这些穷人家的小女儿着实地臭美一季，染了褪，褪了再染，总是乐此不疲，现在想想，那种快乐真是无法用语言表达清楚的。

四

老宅院子中间的一大簇玫瑰，每到春天都会发出一些嫩嫩的新芽，夏天便抽成长长硬硬的枝条了，枝条上缀满了朵朵玫瑰花，阳光一照，天地间就浮动着一片片紫色的云雾，浓郁的花香弥漫着飘得很远很远，那芬芳的气息像缥缈的梦，引来众多的蜜蝶在花丛上绕来绕去。孩子们像一群蜜蝶围在玫瑰花旁，有时候也常常围在干活的奶奶身边，将一朵朵美丽的花插在奶奶头上，看着满头花朵的奶奶出出进进忙忙碌碌的身影，我们都忍不住掩着嘴笑，奶奶总是爱怜地看看我们说一声："这群傻孩子！"也不把花摘掉。

记得有一年夏天，奶奶从济南的姐姐家回来，带回两包白糖和两瓶白酒，这在当时是很稀罕的东西，奶奶将采下的玫瑰花瓣浸泡在白酒里，我们的心也似乎被浸泡得微微醉了。这些玫瑰花酒一直保存到第二年姑姑结婚时才喝，看着大人们细细品味的样子，心里很是羡慕。玫瑰花酒，女儿亲事，好多年来，一直芬芳着我的心。

那个夏天，我们还吃过一次玫瑰糖糕，我敢说那是我今生吃到的最美味的食品了。奶奶将采下的玫瑰花瓣用白糖腌了，然后把和好的面糊将糖腌过的花瓣包上，放到热油里炸，只闻了香味就把我们馋坏了。玫瑰糖糕出锅了，嗬，外面是闪亮的淡黄色，里面瓤是明艳的绛红色，咬一口香酥可口满嘴生香。如今，生活水平提高了，想吃什么就可以吃到，却怎么也吃不出奶奶做的玫瑰糖糕的味道了，这是为什么呢？

五

顺着记忆的藤慢慢找寻，一朵朵素净的小花，在记忆深处渐次开放。如今，在这个纷扰繁杂的社会里，每每想起小时候那些琐碎而又美丽的花事，一些渐渐远去了的模糊的梦，顷刻间又变得生动起来，这时，我浮躁的心便会渐渐平静下来，沉浸在这片刻的安宁之中。

那年的除夕夜

对现在的孩子来说，除夕之夜总是和幸福欢乐连在一起，糖果、鞭炮、压岁钱、新衣服，是多么得诱人啊。可是，多年前的那个大年夜里，我们不但没有享受到人间的美好和快乐，反而那罪恶的贫穷，让我们全家人尝到的是折磨和痛苦，如今，一想起来心里仍然一阵阵酸楚。

那是20世纪70年代初，我也就是刚刚记事的年纪。那天下午，我和弟弟早早穿上了妈妈用土布做的新衣服，高兴地屋里屋外乱跑。细细的雪从天上飘下来，风冷飕飕地刮着，但这并不影响我们兴奋的情绪，小小的院子里，洒满了一串串欢声笑语。

忽然，一阵呜呜的哭声从西边小屋里传出来，这哭声时断时续，似饱含着极大的悲伤和痛苦，是姐姐？我们几个孩子面面相觑，这本该喜庆的日子，姐姐为什么如此哭泣？不一会儿，我们看见妈妈抹着眼泪从姐姐屋里出来，去了奶奶院子。

很快，奶奶和姑姑来了，我们一群小孩子也跟着进了屋。奶奶靠在姐姐床头，轻轻抚摸着姐姐的头说："好孩子，快起来吧，弟弟妹妹还小，奶奶知道你心里委屈，干了一年的活儿，却添不上一件新衣服，唉！要不是穷得没法子，你妈还能不给你做？这样吧，我做主把你二姑的花棉袄给你穿着过年，她二月份才出嫁，到时候再想办法！"这一说不要紧，姐姐的哭声更响了，姑姑也落下泪来。

姐姐终于穿上了姑姑送来的花棉袄,杏黄底的,上面洒了一朵朵铜钱大的红梅花,艳丽又雅致。饭做好了,一家人围着桌子坐下,我们几个孩子依旧嘻嘻哈哈,而坐在我身旁的姐姐,一直低着头吃饭,眼里始终湿湿的,爸爸和妈妈也不言语,屋里的气氛异常沉闷。我偷偷望一眼姐姐身上的花棉袄,那一朵朵艳红的花儿,在昏黄的灯光下似乎失去了生机,像是在我姐姐的身上轻声啜泣着,那一刻,我心里油然生出一种前所未有的酸楚。

三十多年过去了,生活已经发生了翻天覆地的变化,但是,每到春节来临时,我仍然会忆起那个除夕夜,还有姐姐身上那件哭泣的花棉衣。

我是鱼变的吗

那是一个春天的晚上,我正在看电视,三岁多一点儿的儿子忽然满脸严肃地来到我跟前说:"妈妈,我是鱼变的吗?"

我一愣:"傻小子,你听谁说的啊?"

"姥姥说的,姥姥说有一次她在河边玩,发现一条大鱼在河里上下蹦跶,就找了一把大笊篱将大鱼捞了上来,大鱼马上变成了一个小孩,那就是我呢。"

我听了以后,笑着问他:"你相信姥姥的话吗?"

儿子仰着头,满是稚气的小脸上表现出认真思考的神情:"难道鱼真的能变小孩吗?我真是从河里捞上来的吗?"

从儿子还未出生时,我就开始学习有关育儿的知识了,曾经想过一定要对孩子从小进行科学正确的性教育,但没有想到刚刚能说完整话的儿子就开始给我出难题了。我望着眼前的儿子,心里想:孩子现在太小,说了他也不会懂,还是先敷衍他一下吧。

于是，我抚摸着他大大的脑袋，半开玩笑地说："是啊，你是姥姥从河里捞来的啊！"

从儿子望着我的茫然的目光中，我知道他对于这样的回答仍然持有怀疑，但在他小小的心中，妈妈的话是有绝对权威的啊，所以他最终还是满意地朝我点了点头。

可是，没过多久，儿子又重新提起了原先的问题："妈妈，我不是鱼变的，我是妈妈生出来的。"儿子语气非常肯定，一双黑亮的眼睛里放射出兴奋的光芒。

"你是怎么知道的？说给妈妈听听。"这次我不想敷衍，不再回避他的问题，而是一直用眼睛直视着儿子。

"电视上看到的，女人的肚子好大好大哟，又哭又喊的，一会儿孩子便生出来了呢！"

"是啊，我的儿子可真聪明，你也是妈妈生的。"我对儿子的善于观察和思考表示了肯定和赞许，意在鼓励他以后遇到问题时要独立想办法解决。可没想到的是，我的表扬和鼓励马上激发出他更大的探索兴致。

"妈妈，小孩子是从哪里生出来的呢？"说完这句话，他便用探寻的目光上上下下地打量着我，打量得我很不自在。

"这……"我一时不知道如何回答。

"这个我也知道，嘿嘿。"他笑了，目光里露出的是忍耐不住的兴奋和一丝丝狡黠。

"你说说看。"望着他可爱的样子，我也来了兴趣。

"是从妈妈的肚脐眼里爬出来的！"说完后他歪起小脑袋微微笑着，好像是又打了一次胜仗一样，在等待着我的表扬。

他的话一下子把我逗乐了，我笑得前仰后合，眼泪都流出来了。

"真没劲，笑什么啊，妈妈，我还有一个问题，小孩子是怎么跑到妈妈肚子里去的呢？"

"这，这……"终于，我让这个乳臭未干的毛小子问得哑口无言，我大张着嘴巴，却无言以对。

我不敢再这样继续和他纠缠下去，也不敢再次撒谎敷衍，面对这个小小的孩子，我终于又束手无策，但做母亲的自尊促使我不得不努力维护着自己的权威，于是，我说："好了，别问了，长大后你就会明白的。"说完，便不再理他了。

儿子奇怪地看着我，满脸茫然。

我思索着，孩子虽然还小，但他小小的脑袋瓜里却不知还装着多少个为什么，也许不久后的一天他又会突然问到一些类似的稀奇古怪的问题，可我怎么回答他呢，总不能一直用"长大后你就会明白"的话来搪塞了，我突然觉得，再也不能把他当作一个不懂事的小孩子来看待了。

一 地 星 光

几年前一个初冬的夜晚，与一位远道而来的朋友小聚之后，天色已晚，朋友执意要送我回家，我便答应了。

从朋友居住的地方到我家大约一里多的路程，初冬的夜已经颇有些凉意，迎着微微的凉风我抬头望了望天空，苍茫的太空中繁星闪烁晶莹摇曳，淡淡的星光洒满大地，夜色中的一切更显得朦胧而寂静。踏着这细细碎碎的一地星光，我和朋友慢慢地走着，微微地聊着。一阵风吹过，我红色的风衣轻轻飘起，拂到朋友的身上，朋友抬眼看了看我，步子慢了下来，似乎想说点什么，最终却又什么也没说。是啊，在那个万籁俱静的时刻，我又何尝不是这样呢，心里似乎聚积了万语千言，总有一种想倾诉的感觉，却又不知道从何处说起。

脑海中突然闪出冰心老人的话："月夜宜清谈，星夜宜深谈，雨夜宜絮谈……"而在那个寂静的星夜里，我与朋友共有的路也不过几百米啊，可又如何能够深谈呢？

想到朋友明天就要远行，想到瞬间之后我们便将挥动告别的衣袖，想到或许这样一转身今生便再也难以相见，我的心中更是沉沉地浸满了忧伤与惆怅。片刻之后，朋友将走在回去的路上，头顶上依然是繁星满天，脚下依然是星光遍地，可是却只能是孑然一身地往回走了，没有了同伴同行的人。而明日，当千万人从这里经过时，又有谁能够想到，昨夜的星光下曾经有过友人送别的场面呢？

> 人生到处知何似？
> 应似飞鸿踏雪泥，
> 泥上偶然留指爪，
> 鸿飞哪复计东西！

……

想起苏东坡的这首诗，心中不免生出一股淡淡的思绪，是啊，人生中的许多相遇，何尝不是这样如同飞鸿踏过雪泥呢，虽然偶然也会留下丝丝痕迹，但这痕迹却会转瞬而消逝……

今夜，我独自坐在电脑屏幕前，又忆起了几年前那个初冬的夜晚，百般回肠百般凝想之后，禁不住一遍遍地问自己：当生命的历史篇章一张一张翻过去时，能有多少这样值得我记录下来的往事，又有几人能够在我生命的画页上抹上重重的一笔，让我常常翻阅，常常回忆……

抬头望窗外——今夜，依然繁星满天，依然星光遍地……

最初的书香

"我心里一直在暗暗设想，天堂应该是图书馆的模样。"这是著名阿根廷作家博尔赫斯说的，第一次读到这诗句时，一下子就喜欢上了，觉得他的这个比喻是再恰当不过的了。

时常在书海里徜徉，嗅着书香的芬芳，流连忘返心醉神迷。每当这时，一些零零碎碎和书有关的记忆就纷纷袭来，怎么也挥之不去。

小时候，我家老宅的大门前有两个青石的旗杆座，只要从那里经过，大人们总会指着它讲起高家一门两举人的事，一门出了两个举人，又是亲叔侄俩，这真是很难得的事。两个举人一个是我爷爷的爷爷，也就是我的太老爷爷，另一个是我太老爷爷的亲侄子。那时候，我们常常望着大人们涨红着脸向我们滔滔不绝地讲述，掩饰不住的兴奋和荣耀之情挂在他们热情洋溢的脸上，于是，我知道了自己也出身于书香门第，身上流淌的是高贵的血统，心中不由自豪起来。

可是，小时候读到的书却少之又少，家里几乎找不到有字的纸，又没有什么娱乐活动，我们最喜欢的就是围坐在煤油灯下听爷爷讲故事。昏黄的灯光，笼罩着一张张微微仰着的神情专注的小脸，静静的夜里，爷爷讲得最多的是《聊斋志异》，那些鬼怪狐仙故事从爷爷的嘴里流出时，一种异乎寻常的兴奋溢于言表，爷爷不厌其烦地告诉我们，《聊斋志异》的序言是我们高氏十一世祖高珩写的，爷爷讲起这事时那种无比自豪的样子至今仍深深印在我心里，如今想来，我所知道的第一部书便是《聊斋志异》。

后来不知是谁弄回一本书，趁大人们出去干活时，识不了几个字的我就开始吃力地读这本没有前后封面的书了。书里面的一些战争场面我现在仍然记得，也清晰地记得书中主人公的名字叫乔振山。这么多年来，我曾多次问过爸爸和二姑小叔他们，那本书叫什么名字，他们都说不曾记得有这样一本书，我强调说就是那本主人公叫乔振山的小说啊，好像谁说过书的名字叫《古城春色》吧，他们仍然摇头，脸上一派茫然，我便不再追问，心中不免生出些许黯然和感叹。

再后来，不知谁又弄回一本书，也没有封面，记得第一页上第一句话就是："二小姐，我们太太请你去打牌。"那时候，我好像上三年级，也识不了多少字，但书的这个开头，一下子就把我吸引住了，我很想知道后面的事怎样了，于是有空就捧着读。爷爷、爸爸、二姑和小叔都喜欢读书，家里有这么一群书迷，只有他们不在家时我才能自由地读，他们一回家，这本书便开始在他们中间轮流穿梭了，你争来我又抢去，根本不会有我的份。

后来，从他们嘴里知道了书的名字叫《春》，是一个著名的老作家写的，我还知道了这是一本小说，那是第一次听到小说这个词，于是我就问二姑，小说是什么，二姑说小说就是好看的故事，我问，另一本没有封面的也是小说吗，二姑说是的。

至今，我难以忘记《春》这部小说给我的心灵带来了怎样的震撼，我为每一个女主人公揪心，似乎她们都被设定为韶华美貌、品德美好的女子，却又都被父亲或者主人嫁给了流氓恶棍，那些流氓恶棍无休止地折磨着她们，而她们在痛苦的深渊里默默忍受着。那时候我不懂小说和故事有什么区别，心却一直被小说中的情节牵引着，不能自制，我愤怒，想哭，想喊，想骂人，恨不得生出三头六臂，去帮助解救那一个个美丽的女子，可是，到头来却只有哀叹无奈的份儿，这就是当时读这本书时的真切感受。

那时候也曾奢望过，要是能多读些这样的书该多好啊，可是，伴我走过枯燥乏味的少年时光的，也只有这两本没有封面的小说了。

读高中时已到了20世纪的80年代，那时乡村的中学还没有图书馆，想读到几本好书是难上加难，一直到后来进了大学，走进了真正的图书馆，才体会出博尔赫斯那句话的真正含义。身前是书，身后是书，抬头是书，低头也是书，这还不是天堂里才有的景致吗？世界真是太奇妙了，我的心终于找到了真正想去的地方。

在那溢满书香的图书馆里，我如饥似渴地读着，读得最多的还是小说，我喜欢上了艾米莉·勃朗特，从她的《呼啸山庄》里，我读到了痛苦中的矛盾挣扎，痴恋中的撕心裂肺，苍凉的落日，寂寞的岁月，以及那空灵的文字所表达出的一切。我喜欢上了乔治·桑的田园小说，那美丽的乡间小河，青绿色的田野，幽静的树林，还有挟着花香的醉人的芬芳，一切都是那么迷人。还有托尔斯泰、莫泊桑、大仲马父子、车尔泥雪夫斯基、紫氏部、渡边淳一……太多太多了，那些让我喜欢的作家的作品，那时候，时间对于我来说，总觉得不够用。

后来，心中有了一种欲望，一种想表达的欲望，不表达出来心里就感觉憋得慌，于是我便开始动笔了。小时候读过的那两本没有封面的小说，成了镌刻在我心中的永远不能磨灭的印记，捧着那两本书时生出的无限遐想和倾慕，又在眼前浮动，现在想想，虽然那么幼稚可笑，却终究是一份无法言说的淳朴和美好。

可以说，我现在已经读过不少书，古今中外的，大概也数不清了，要是有人问我最钟爱的是哪本书，我会毫不犹豫地说，是巴金先生的《春》。前几年，自己也开始学着写点东西，有时在报刊上也发表些随笔散文之类，但心中仍然惴惴，始终不能忘记的还是小说，所以，我就试着写小说了，没想到一开始写，就喜欢上了，如今，我的小说也能常常见于报刊了，心里不由欢喜，想想，这些成绩的取得，不能不说是由于最初那两本少了封面的书的缘故吧。

走过天堂，也曾在缥缈的书香里沉醉，可是，难以忘怀的仍是最初的书香，虽然那些记忆现在都已经陈旧得泛黄，但我仍然觉得，它是那样幽远，醇正，而又馥郁芬芳。

春在溪头荠菜花

又是一个风筝满天荠菜遍地的季节了，每到这个时候，我总会想起南宋词人辛稼轩的诗句："城中桃李愁风雨，春在溪头荠菜花。"吟诵着这千古的诗句，找一个天气晴朗的日子，乘着春风到田野里去挖荠菜，真是一件非常惬意的事！

对于荠菜这种极其普通的野菜，我一直是有着深深的感情的。它那一片片嫩绿嫩绿的叶子，那一朵朵粉白粉白的小花，还有那特有的带着泥土味的清香，总是勾起我许多童年的记忆。

童年的记忆是最深的，孩提时候的春天简单又快乐。小时候，我常常与哥哥一起到田野里去挖荠菜，拨开刚刚返青的麦苗，就会看见一棵棵鲜嫩的荠菜，用刀子连根剜出，放进筐里，回家送给奶奶。这种极其普通的野菜，经过奶奶的手后总会变成好多种美味佳肴，荠菜炒鸡蛋，蒜末拌荠菜，芥末拌荠菜，荠菜豆腐馅水饺……那个时候，我们这些小孩子常常围在奶奶身旁，一边欣赏着奶奶高超的做菜手艺，一边等待着品尝奶奶的荠菜大餐。

记得有一次，奶奶说要包荠菜水饺吃，我们一听都高兴极了，早早地就拥到光线昏暗的锅屋里，转来转去就是不想离开，直到看着一个个小巧的水饺在锅里活蹦乱跳，一股股浓浓的香味从屋子里飘向院子，一颗颗小小的心在浓郁的香气里兴奋得怦怦乱跳。饺子终于出锅了，我们一溜烟地跑到堂屋，一个个端端正正地坐在桌子旁等着，好像都憋足了劲要好好表现一番似的。

大不了我们几岁的小叔，也和我们一样地兴奋，他端了一盆水饺从锅屋往堂屋里跑，一边跑还一边不停地颠动着手中的瓦盆子，那高兴劲就甭提了。可是，意外的事发生了，就在小叔颠动着手中的盆子要进屋时，被门槛绊了一跤，一下子就趴在了地上，手里的瓦盆碎了，热腾腾的水饺也摔了一地，小叔知道自己惹了祸，怕挨奶奶的揍，吓得号啕大哭着往外跑，我们也一起哭了，不是因为害怕，是因为心疼那些摔碎的水饺。

现在想想觉得真好笑，可是，要知道在20世纪70年代初期，农村的日子过得还是相当困难的，一年也吃不上几次水饺啊，春天也正是青黄不接的时候，能吃上一顿鲜美的荠菜水饺是我们向往多久的事啊，大人们都不舍得吃呢。其实小叔只比我姐大一岁，他当时也是个孩子啊，就因为他是我们的长辈，所以总是比我们多吃苦而少享乐。

后来，日子逐渐好了起来，每当与小叔坐在一起时，回想起当年这些有趣的事时，我们总是一起开怀大笑。多少年过去了，我们的生活已经发生了翻天覆地的变化，可是，却依然忘不了童年岁月里那荠菜的淡淡清香，还有故乡春天里的迷人景象……

花香伴我行

一直喜欢席慕蓉的诗歌和散文，最喜欢的是她诗文中那份独特的美丽和清纯。

初识席慕蓉，就是因为她的诗歌。记得那是20世纪80年代末期，我还在大学里读书，那是一个静静的夏日的午后，我坐在窗前的阳光里，手里捧一本席慕蓉诗集，读到了这样的一首诗：

我曾踏月而来

流落街头的青春

只因你在山中
山风拂发 拂颈 拂裸露的肩膀
而月光衣我以华裳

月光衣我以华裳
林间有新绿似我青春模样
青春透明如醇酒 可饮 可尽 可别离
……

初遇这清新淡雅的诗句，只感觉如一缕春风拂面，心灵深处产生了一种从未有过的颤动。那时候，也是正值青春年华的我，整整一个下午都被一种无以名状的情绪所牵绊，处于一种深深的感动之中。那个下午，我呆呆地坐了好长时间，望着远处那些连绵起伏的山峦，心里生出一种深深的渴望和羡慕。

现在想来，也就是从那个时候开始，我真正迷恋上了席慕蓉，只要是能搜集到的她的诗文，都抄写在精美的笔记本上，在诗文的旁边还画上一些美丽的图案，有时候在书店里看到她的诗文集，就想把它买下来，哪怕吃最便宜的饭菜，哪怕零用钱不花了，也要让它归自己所有，然后，开始欣喜若狂地阅读和背诵。读得多了，就想试着写，那时候，心里好像总有一些小小的向往和无法言说的烦恼，便在纸上写啊写的，模仿着她诗歌的句式记下来，虽然都是些只言片语，却表达着我心中那一份说不清道不明的情愫。

是一个怎样的女子啊，能写出这般典雅、清纯、温柔又略显忧伤的诗句，很多时候我默默地猜想，也曾经一次次在心中塑造着席慕蓉的形象：娇小玲珑的身材，清瘦苍白的脸庞，乌黑油亮的披肩长发，有一双大大的略显忧郁的眼睛，或者戴一副金边的眼镜。在一个个昏黄的暮色里，她穿一双绣花的拖鞋，慵懒地散步在白色的栀子花丛中，微风飘起她翠绿色的裙装；在一个个夏日的午后，她微蹙着双眉，在荷塘边轻挥画笔，描绘着荷花的芬芳；在一个个静静的有月亮的夜晚，她端坐灯前，顾影自怜对镜梳妆……

怀揣着这些美丽的幻想，对席慕蓉和席慕蓉的诗文，我是更加喜欢了。

直到有一天，我终于在一本书上看见了席慕蓉的照片，当时我真的是被惊呆了。诗人的形象与我想象中的完全不一样，我看到的是一个身材高大的女人，有着宽宽的额头，方方的脸膛。难道这就是那个把诗写得那么清纯干净的女诗人吗，那些纤细温柔的诗句难道就是从她的笔下流淌出来的吗？是不是弄错了，她不应该是这样子的啊。

那个时候，我的心真的是出现过一小段的失望和挣扎，情绪低落了一阵子，但很快地便说服了自己，试想，在物欲横流的今天，在人类活得如此粗疏懒散的时候，唯独有这样一个女子，是那样地渴望记住人生每一瞬间的美丽，不管她的样子是怎样高大粗壮，可她的心却是那样的纤细柔软，那些个青涩年代的难以诉说的少年心事，那欲说还休的相思，那渗到骨子里的烟雾一样的缕缕乡愁，那渐行渐远的别离，都被她演绎得是那样的清纯，那样的生动，这样的女子，不就是最美丽最可爱的吗？

二十多年过去了，如今，我也已经是人到中年，但是对席慕蓉的诗文一直是情有独钟。每每读她的诗文仍然会沉浸其间不想离去，只觉得她的文字就像一朵朵白色的花，如茉莉，如山茶，或者如栀子一样洁白如雪的花，散发着淡淡的香气，有时恍惚，有时清晰，那花香虽然淡淡的，却一直陪伴着我从未稍离。我相信这淡淡的花香将会一直陪伴我走到生命的迟暮之日，我也坚信，就像她在《栀子花》中描述的那样：有些深印在生命里的记忆，却是不容我随意增减，也不容我退让迁就的。

第二辑 / **不老的梦想**

在太空播放的歌声

"人人那个都说哎沂蒙山好,

沂蒙那个山上哎好风光,

青山那个绿水哎多好那个看,

风吹那个草低哎见牛羊……"

清晨,散步在西山公园,忽然被一阵从远处传来的歌声所吸引,歌声清脆悦耳,带着一种特有的淳朴,清纯得如同山间一缕淙淙的小溪,没有掺杂丝毫的杂质。

曾经多少次听过歌唱家们在舞台上演唱这首《沂蒙山小调》,但是在我看来,那珠圆玉润的歌喉唱出的歌声多了几分华丽,几分优美,而这起源于山旮旯的歌声,似乎更应该让这山林里的沂蒙姑娘来唱才更为合适,才更能唱出一种正宗的原汁原味来,如今听到的不正是这种久违了的歌声吗?于是,我找一块平滑的石头坐下,深深呼吸一口山谷里的新鲜空气,静静地听着这优美的歌声。

淡淡的烟雾飘过眼前,慢慢地飘向远处那一抹墨绿色的山峦。歌声渐渐近了,唱歌的是一位年轻的姑娘,长长的大波浪卷发披在肩上,身穿一件时尚的裙装,不用说,这是一个时尚的沂蒙姑娘。风吹来,她袖口和腰间的流苏便轻轻地摆动,更给她增添了几分妩媚。看到我在注意她,她便放低了声音轻轻地哼着,在与我擦身而过时,她的目光里流露出一缕笑意。

她的背影渐渐消失在烟雾之中,歌声又重新在山谷中响起,我的思绪也如这山间的烟雾一样在四散,在荡漾。可以说,在沂蒙山区这片红色的土地上,不论男女老少,没有人不会唱这首《沂蒙山小调》。它产生于六十多年前的抗战时期,曲调是老曲调,但歌词却在不断变化,它记载的是一段历史,也是一段美好的记忆,更是今天沂蒙山人抒发自己对家乡热爱的最真切的情感表达。

在山间,在地头,人们悠闲的时候,都喜欢吼上几嗓子,沂蒙山区是民歌的产区,许许多多的老曲调被人们编上了新歌词,千百年以来,他们一直都是这样,用自己的歌声诉说着生活的质朴和恬静。有多少沂蒙儿女唱着山歌走出了这片大山,有多少沂蒙儿女在歌声中成长起来,像我们熟悉的歌唱家彭丽媛就是唱着这首《沂蒙山小调》走出沂蒙山的。

如今,我国第一颗绕月探测卫星"嫦娥一号"已经升空,与之一同奔月的,就有其搭载的《沂蒙山小调》等30首经典曲目。"嫦娥一号"在离地球38万公里以外的太空播放这组歌曲。我们听到了这些来自月球的天籁之音。

我相信,不光是沂蒙山人,全世界的华人都为这一天而激动不已,天籁般的《沂蒙山小调》从月球之上传来……

月亮的声音

那天去婆婆家,一直吃了晚饭才往回走,出了婆婆的家门,看见月亮正斜斜地挂在树梢上。这秋天的夜里,空气中已经弥漫着丝丝凉意,我一边走一边想着刚才与婆婆的聊天,禁不住抬头仰望着那朗照了千万年的月亮,忽然觉得今晚的月亮似乎格外大格外圆。夜静极了,只有白花花的月光在空气里流动,散发出一阵阵特有的清香。

与婆婆在一起聊的大多是些琐碎的话题,临别我们总是说些安慰她的话,今晚也不例外,婆婆说:"你们放心地走吧,今晚有月亮呢!"我听了心里一动,不知道婆婆为什么会那么的喜欢月亮,好像月亮对婆婆来说是非常重要的东西。公公在世的时候对婆婆是万般的疼爱,一生备受呵护的婆婆没有想到公公会突然地离她而去，她怎么也接受不了那个残酷的现实，那个时候，我们对婆婆很是担心，但她又极不愿意和儿女们在一起居住，所以我们就轮流着与她做伴。

记得有一个晚上，婆婆在床上辗转反侧，实在是睡不着便爬了起来，她趴在窗台上朝外望着，一直小声嘀咕："怎么还不见月亮呢？应该出来了啊！"那天晚上是我和婆婆做伴，婆婆起来躺下这样反复了好几次，我便劝她说："你算算今天还不到初十吧，天又不好怎么看得到月亮呢。"听了我的话婆婆就又躺下了，可是只安静了一会儿就又爬起来了，踱到窗前。我被婆婆扰得睡不着，躺在那里天马行空地想着一些自己的事。这时，月亮终于露出了小半边脸，爬上了窗台然后挂在了树梢上，婆婆不再焦虑了，精神也突然地好起来，趴在窗台上看了好久，才重新回到了床上。月光从窗口照进来，在婆婆的被子上洒下大朵大朵银色的花朵，我看见婆婆的眼睛睁得大大的，一直望着窗外的月亮，嘴里咕咕噜噜地说着些我听不懂的话语。

我渐渐地发现，在没有月亮的晚上，婆婆就会显得急躁不安，明月朗照的夜晚，婆婆会变得非常安静，不是静静地望着月亮，就是对着月亮口中念念有词。我常常想，也许婆婆是在想念吧，她是在用自己的方式固执地表达着一种深切的情感，这份思念是那样的执着，又是那样地无助。望着婆婆那日渐苍老的面容，我的心中忽然生出一种酸涩的感觉，我想，如果公公地下有知，看到婆婆此刻的情形，定会对她生出万般的怜惜之情吧。

如今，我忽然忆起了奶奶说过的一句话："月亮是有声音的啊，如果你仔细听，就会听到月亮在说话呢。"小时候我从来没有在意过奶奶的这句话，根本没想过这话有什么特别的意思。可是，当听着婆婆对着月亮说话的时候，我想起了我的奶奶，想起了奶奶常常对我们说过的这句话。

当年，我年轻的奶奶出嫁后不久，爷爷便扛起枪杆投入到硝烟迷漫的战火之中，奶奶一个人拉扯着三个孩子，一等就是7个年头啊，那可是奶奶最美丽的青春时期啊，也许那时候陪伴奶奶的也只有天上朗朗照着的那一轮明月吧，也许那个时候，我青春年少的奶奶就是倾听着月亮的声音，才熬过一个又一个寂寞又漫长的夜晚吧，奶奶是一个那么优秀的女人，有着一般女人所没有的一颗纤细温婉的心，我想，也只有像奶奶这样的女人才能够听到月亮的声音吧。

今夜，月亮又升起来了，如水般温柔的月光，正穿越苍茫的时空跌落在尘埃之上，在我的身后溅起一朵朵银白色的花朵，我似乎听到了一种细细碎碎的声音正从身边轻轻地飘过……

给自己送书

多少年来，可以说对书是情有独钟的，不论是什么时候，只要有书相伴，就是再多的烦心事，也会在顷刻间烟消云散。

喜欢读书，更喜欢买书。书店、旧书摊、小报亭是我平时最喜欢逛的地方，旧书摊上的书便宜，偶尔也能淘到一些自己喜欢的，当然会毫不犹豫地买下来，充实到自己的书架上去。但书店里的新书大多贵得吓人，对我们这种工薪阶层的人来说，只有狠狠心才能买下几本，满心欢喜带回家去的同时，也免不了要心疼上几日。有些时候摸摸自己瘪瘪的腰包，望着自己心爱的书翻看抚弄上一会儿，最终却是无可奈何地重新放回去，心里自是有一种强烈的不甘和遗憾。因为买书，这些年没少挨家人的笑话和奚落，他们经常指着书架问我，这上面撂了那么多的书，尘土落了厚厚的一层，也未见你读过多少。听到这样的话，我从不反驳他们，只笑笑，心里说，俗话说得好，子非鱼，焉知鱼之乐？不读归不读，但看着书架上的书越来越多，到用的时候能随手找出来翻看一下，我心里的欢喜你们又怎么能体会得出？

有时候看到非常喜爱的书，但它们的价格却贵得吓人，于是我便想出了一个主意，找一个固定的日子，给自己送书。这个想法一产生，我心里着实沾沾自喜了一阵子，给自己送书，这个办法真是太妙了，也只有像我这样喜爱书又富有情趣的人才想得出啊。比如重要的节日，比如自认为有意义的日子，这样，既得到了喜欢的书,又使原本平淡的日子泛起些许的涟漪,何乐而不为呢?

农历六月十四日,对于我来说就是一个特别的日子,四十多年前的今天,自己降生到这个世上来,选择这一天买上几本喜欢的书送给自己,便是理所当然的事了。今年的六月十四,空气里到处充溢着炎热的气浪,一大早就让人感觉喘不上气来。早饭后,迎着强烈的阳光,我急匆匆向书店走去。书店里凉爽极了,和外面相比简直是两个世界,看书的人真不少,到处却是一片安静。进了书店门口,便直奔那几个书架而去,不用挑选,也不用问价,对于这些,我早已了如指掌,因为近期已经来这里探过几次了,痛痛快快地拿上喜爱的五本书,到柜台付了款,提着沉甸甸的兜,带着满心的欢乐,向回家的路走去。

回家把几本新书摆放到书架上,凝望上一阵子,然后,找来一块抹布,将一本本落满灰尘的书抽出来,仔细地擦拭着,像擦拭一件件心爱的宝贝,一种无法言说的欢愉从心底里汩汩地往外流溢。

找一个借口,找一个固定的日子,送自己几本书,真是一件很快乐的事,我想,以后我还会继续下去的,为自己的生活,为一个个平淡的日子,增添一些意想不到的乐趣。

心中的河流

沂河，号称八百里，是山东的第一大河，一个"沂"字让它具有特殊的象征意义，千百年以来，滔滔的河水流淌着数不尽的传说和故事。

据说，孔子的七十二贤弟子中，沂河两岸就有十二人，光临沂就有六人。当年乾隆下江南为沂州五贤祠的题字，更是赞叹了临沂的名人众多："孝能竭力王祥览，忠以捐躯颜皋真，所遇由来殊出处，端推诸葛是全人"。现在沂南县城西山公园诸葛宗祠前面的亭子里，就立着一块碑，是居住在海外的诸葛后人诸葛渔阳所捐赠，上面书刻着乾隆皇帝的五贤诗，诗中集中赞誉了大孝的王祥王览，大忠的颜皋卿、颜真卿，特别推崇的是大智大忠的诸葛亮。沂河两岸的土地，历经了几千年儒学文化的浸润，如今，更显示出一派浓郁的历史文化风情，它的灵魂也被赋予了一种悠长的古风韵致，鲜活生动地跳跃在沂蒙山区的各个角落里。

大庄，是沂南县的经济开发区，就坐落在沂河岸边，和北方众多的小镇一样，它是极其普通的。这里没有什么历史的遗迹，也没有什么独特的景致，身边只有一条日夜流淌的沂河，还有河两岸一片片肥沃的土地，在这片普普通通的土地上，一代又一代大庄人在这里繁衍生息，高姓人在大庄可以说是大户，一是人口众多，二是高氏家族的人，在不同的历史时期和不同行业里充分展现了他们独特的聪明和才智。

已是农历三月的天气，空气里似乎仍带了北方料峭的春寒，而踏进大庄镇委的院子时，眼前那姹紫嫣红的景象却让我感受到一派熙熙攘攘的春光，众多的植物在经历了严寒风雪的磨砺后，此刻，或清逸、或淡雅、或婉约、或热烈，呈现给人们的是一片如火如荼的生机。风儿拂过面庞，花香四溢，心，不觉微醉，刚下车时空气里袭来的寒意顷刻间一扫而去。

在大庄，参加"感知宏发"沂蒙作家走近宏发采风活动的不足二十人，入座后却发现竟有六个高姓人，另外再加上一个高家的媳妇，高氏家族庞大的队伍让人惊叹，也引出了众多有关高氏家族的话题。著名的"农村鸳鸯蝴蝶派"老作家高禄堂先生，在会上详细介绍了大庄高氏源远流长的历史，和我邻座的是擅长书画的高鉴省先生，他悄悄地问我是多少世，我告诉他自己不是本地人，是淄博淄川的高家，其实私下里已几次听高禄堂先生提起过，大庄高家和淄川高家是一家，这是已经经过考证了的，两支的一世祖是同胞的兄弟，对于这个消息我心里一直是抱了个疑团的，但是不管怎么说，心底里竟感觉到与这些高氏的人自然而然地多了一些亲近。

大庄高家的八世祖明衡是明朝崇祯年间兵部侍郎，官做得很大，又是一个颇有造诣的书画家。在会上，著名小小说家、文学评论家高军老师对高氏明衡祖的书法艺术做了专门介绍，还拿出一幅极其珍贵的高明衡的书法拓片展示给大家看，纸上的字活灵活现，如行云流水一般，此刻来看似乎墨迹未干，时空流转，沧桑沉积了几百年，今天当这些文字在人们面前轻柔地飘动，当我们再次轻轻地翻阅它时，屋子里的人依稀还闻到了当年的书香四溢。

沂蒙大地，人杰地灵，今天，新一代沂蒙人充分发挥自己的聪明才智，又创造出一个个新的奇迹。大庄高氏的传人高成法也是这创业大军中的一卒，他谱写的新一曲创业史足以让人啧啧称奇，一个普普通通的农民，从20年前的白手起家，到如今创造出年产值过两亿元的神话，这怎能不让人惊叹呢。从大庄镇政府领导的介绍中得知，高成法致富不忘乡亲是一个乐于奉献的人，他经常投资为当地进行基础设施建设，每年都带着慰问金和慰问品到敬老院看望孤寡老人们，他从不张扬，但他的事迹却在蒙山沂水间久久传颂着。是啊，正是这蒙山沂水的养育和滋润，才造就了这位质朴的沂蒙汉子一颗纯朴厚道的心。

车子缓缓地离去，在春日的阳光下，身后静静流淌的沂河，多像一位慈祥的老人啊，暖暖的阳光洒在它身上，我们看不到丝毫的历史沧桑，只感受到它带着一种很惬意、很悠闲的神态，正缓缓地流淌在每一个沂蒙人的心上。

 # 不老的梦想

　　沂南，取沂水之南之意，是鲁南的一个小县。如果有外地人来到这里，问有什么地方可看，肯定会有人向你推荐："去诸葛亮吧！"听了这话你会感到一头雾水，当看到你惊讶的神情时，人们便会耐心地向你解释："呵呵，我们这里把西山公园就叫做诸葛亮呢！"

　　西山，如今改名叫卧龙山，但人们还是习惯叫它的老称呼，在没建造公园之前，一尊高大的诸葛亮铜塑像就已经矗立在它的脚下了，后来修建了公园，淳厚朴实的沂南人自然而然地将"诸葛亮"作为西山公园的代名词了，谁也没有想过这话合不合语法，合不合逻辑，反正在沂南谁都明白是什么意思。

　　沿县城人民路一直向西，到了城边，就是汉街了。这汉街刚修建不久，古色古香的房舍，林林总总的店铺，还有风中左右摇摆的大红宫灯，都会让人产生一种如梦似幻般的感觉，时间在这里好像一直就没有消逝流传，让你在转身移步之间，似乎就回到了那久远的从前。

　　在汉街上随便找一家店铺穿过，再经智慧桥，走不远就到了诸葛亮塑像，仰首望，先生羽扇纶巾沉着冷静一派胸有成竹的模样，心不禁驰骋，遥想当年，先生从容沉着舌战群儒，羽扇一挥便借来东风，谈笑间便能空城退敌，不论什么时候总好像是胜券在握，以至被后人说得是神乎其神，衍化成为"智圣"的化身。

　　从塑像往南不远，左面山坡上篱落野花流水潺潺，溪桥畔修竹翠屏，桥那边几间茅庐掩映在疏林之中，这诸葛茅庐也是刚刚修建不久，但我想象当年先生躬耕南阳时的处所也就应该是这样子吧。

　　在这盛夏之日，站立在茅庐前的浓荫之下往东看，八卦阵迷宫尽展眼前，时

值清晨，眼望那些正在闯阵的人，我的心逐渐陷入沉思之中，想当年东吴的陆逊是何等的才智过人，却也被围困于诸葛亮布下的八卦阵，诸葛亮、陆逊、还有那个被诸葛亮气死的周瑜，都称得上是一世的英雄，在那个群雄逐鹿英雄辈出的三国时代，称孤道寡者数不胜数，而像他们这些卓世英才却只能是为人臣子，只能让远大的志向埋藏于心底，千年的梦想也只能飘落在英雄辗转南北的征途上，生于乱世之时，英雄被英雄所伤，英雄被英雄所困，这不能不说是一种悲哀吧。

往回走，经诸葛宗祠，这里的香火常年不断，看着缕缕青烟袅袅上升，我知道这缭绕的烟雾里寄予了人们无限的希望，这是一种民间执着的祈求，旨在为自己更多的是为子孙后代求得一份聪明才智吧。其实，在这片民风淳朴的土地上，勤劳善良的沂南人，也传承了"智圣"的一份聪灵之气，在国内外或者在本土上已经创造出辉煌的成绩，我想，当英雄的不老之魂夜回故里之时，定会得到一些安慰，收获一份欣喜的吧。

出公园门口，沂南县城的面貌尽收眼底，她小巧清丽，腼腆而羞涩，似一位纯净清秀的少女，在她腼腆羞涩的外表下面，掩饰不住的是涌动的青春和勃勃的生机，看得出，一个不老的梦想也正在她的心底孕育。

风过磨盘路

风吹过,浓的淡的绿,起起伏伏,边舞边唱。

一条白色磨盘铺就的小路,就蜿蜒在这幽静的绿海中央。

我站在午后的斜阳里,却不敢贸然踏过去,生怕自己一时的鲁莽,惊扰了这绿海中的幽静,踏碎了这一地斑驳的绿梦。只有细细碎碎的阳光,温柔和暖的风儿,悄悄地,在这绿色的梦里穿行。

静静地望着这一切,我陷入沉思之中。

眼前这些闲置了的旧磨盘,早已退出了百姓的日常生活,如今,被安放在这竹林之中,半截身子埋进土里,只露出一张白生生的脸,给人一种古朴笨拙和慢吞吞的感觉,让我想起了许多人和许多事。

古老的宅院里,那些民间的男女,围着一盘石磨,不停地转啊转,直到转弯了身子,转白了头发。而这些看似沉重的劳役之苦里,却也深藏着他们一些甜腻腻的心事,日复一日,年复一年,这份韧劲和耐力,碾碎了他们的心结,碾老了他们的容颜,膝下一个个不知挑剔的好胃口的孩子,却如一根根翠竹茁壮地成长起来。这些陈年旧事现在的孩子是想不到的,怕是连好端端的磨盘上为什么白白凿出几个孔洞来他们也弄不清楚。

此刻,有几个时尚的女子从我身后走来,她们扭动着柔曼的身子,在这磨盘铺就的小路上跳来跳去,一会儿,又摆出种种姿势拍照,欢声笑语颤悠悠地飞向竹林深处。这极浓艳的女子和脚下这些厚重朴拙的磨盘,以及视觉上的光斑陆离,使人产生了一种时光错位的冲击感,也让我无端地感觉出一种落魄。几只不知名的小鸟和彩蝶,扇动着美丽的翅膀从我头顶上翩翩飞进竹林,一时间,处处热闹起来。

　　我也怀着一颗充满敬意的心，轻轻地，踏上这条磨盘铺就的小路。

　　这些磨盘，是用石英石打磨制成的，这种石英石，在沂南的大山深处随处可见。作为石，相信它一定有记忆，关于竹的，关于泉的，和关于这泉上竹林中的村庄的一切变化和沧桑。作为石，相信它一定清楚地记得，从它的身上，曾经碾过多少商贾的车轮，多少书生的仕途，以及多少寻常百姓匆匆的步履。

　　走在磨盘路上的我，也想起让世代高姓人为之骄傲和炫耀的皇朝驸马，想当年，那位楚楚少年一定尽得泉水的滋养和翠竹的蕴藉，才使那位在后宫里渡过多少寂寥清冷时光的公主一见倾心，而托付终身。不知驸马揩公主来到这清幽的竹泉边小驻时，是否也曾怀抱木柄，围一盘石磨历经这种粗重拙笨的民间劳作，如果有，通过这些极费精力的日常劳动，是否体会出民间男女这种慢吞吞的贫苦生活里，所深藏着的内涵。想那月明星稀的夜晚，金贵娇美的公主是否也如寻常百姓家的小女子一样，手扯丈夫的衣襟，将美丽而忧伤的目光从遥远的夜空里收回，然后再逡巡在这寂静的竹林里，而当她的目光与清癯的竹身相碰时，是否也生出今夕何夕身在何处的落寞和惆怅，这泉水的滋养，这竹林的蕴藉，是否也曾让她产生过从此远离笙歌和夜宴的心念呢？

　　据说，就是这位传说中的高姓驸马，竟让不远处滔滔的寨子河改道，使它正好从高家的祖林前流过，以至于高氏家族从此科举连弟，飞黄腾达，家业大盛。如今，从有些低洼的地方，还依稀可以看出满布滚圆砾石的河底。

　　我不知这脚下的尘土里，还隐含着多少久已失踪的秘密，我相信磨盘四周厚厚的黄土上，一定留下过昔日驸马和公主的脚印，然而在今天，却再也找不到当初那种显赫的富贵和权势的痕迹。如今，像我这样一双平民的布履，竟也能毫无敬意地踩踏在上面了。

　　此时，风又起，我的目光穿过轻飘的微尘时，忽然之间，又想起了红尘里那些甜腻腻的民间故事。

 # 伸出爱的手

几天前，我到一个学校听了一节四年级语文课，感触颇深。那是一节阅读课，讲的是《我们的手》，课文的第一段是这样写的：

我们的手，是电线，

在爸爸和妈妈之间，

传递着光，

让他们的幸福像灯一样明亮。

老师在让学生理解这一段时提出了这样一个问题："同学们，说说你都是在什么时候和爸爸妈妈的手拉在一起的，那个时候你的感觉如何？"孩子们的热情非常高涨，一双双小手举起来，争先恐后地回答着老师的问题。

"老师，我是在逛超市的时候和爸爸妈妈手拉手的，那时候我的心里感觉很幸福！"

"老师，我是在去公园的时候和爸爸妈妈手拉手的，那时候我的心里感觉好甜蜜！"

……

老师一一表扬着鼓励着积极回答问题的孩子，就连举了手没有回答问题的孩子老师也没有忘记。在老师的适时激励下孩子们的热情更加高涨，通红通红的小脸上露出满足的笑容，在场的听课老师也沉浸在这激动人心的气氛里，脸上露出一种兴奋和满足。是啊，如今孩子们的生活是欢乐的，他们是家庭里的宝

贝,是被幸福的花露和甜蜜的汁液浇灌出的美丽的花朵。

这时,我突然发现在教室的一个角落里,有一张满是忧郁落寞之情的小脸,她一直默默地然而也是淡淡地望着面前的这一切,眉宇间流露出一种与这个年龄极不相称的忧伤,如此喧闹的场面似乎与她没有任何关系,她的样子让我的心很痛,作为一个教育工作者,我被这种只有大人才会有的落寞忧郁所深深地刺痛了。

课仍然在一种紧张而热烈的气氛里有序地进行着,那个孩子依然默默地在角落里落寞着,我的心也一直被这个不相识的孩子牵动着,此时,我多么希望老师能够注意到她啊!

"大家一边回忆自己和爸爸妈妈手拉手时的情景,一边带着幸福和甜蜜的情感朗读这段课文好吗?"老师的话音刚落,琅琅的读书声就在教室里回响起来。而我的目光再次落在那个孩子的身上时,我看见在她的睫毛上挂着两粒晶莹的泪珠。

正在这时,老师向着这个孩子疾步走了过去,我看见老师的手在她头顶上轻轻摸了摸,又低下头和她说了几句话,然后对着大家说:"同学们,我们手是传递幸福和甜蜜的,我们不光要把幸福和甜蜜传递给爸爸妈妈,还要传递给你的朋友、同学和亲人,同学们相互都是亲人,咱们的小丽同学从小就失去了父母,我们就是她的亲人,让我们都和她拉一拉手好吗?就从老师这里开始吧!"

一双大手拉起一双小手,传递着无限的温暖和关爱,一双双小手拉在一起,友谊之花顷刻间便灿烂地盛开,我对身旁这位美丽的女老师投过敬佩的目光,一直提着的心这时候终于放了下来。

我为那位老师庆幸,也为那位老师鼓掌叫好,也许因为她适时地伸出一双爱的手,将关爱的雨露输送了过去,一个孩子幼小的心灵得到及时的浇灌才不至于被伤害,如果我们做老师的都能够这样做,那么,孩子们便是幸福的,我们的教育事业也一定会更加蓬勃发展起来。

沂 蒙 煎 饼

　　煎饼是沂蒙山区的特产，传说煎饼是诸葛亮发明的，有一次队伍被曹军追杀，锅灶尽失，诸葛亮便命人将米面和成糊状用棍抹到铜锣上，置于火上烧，揭下来的薄饼香软可口，将士食后士气大振杀出重围得胜而归。从此，这种食物渐渐在沂蒙大地流传开来直到今天，可见这沂蒙煎饼才是山东煎饼的正宗。

　　从一些民间故事里也能追溯到一些煎饼的历史，记得在一个博友的文章中看过这样一个笑话，山东地方戏《陈州放粮》里其中就有这样一句唱词："东宫娘娘烙煎饼，西宫娘娘卷大葱……"看来皇上犒赏陈州放粮归来的功臣包公，这煎饼竟然成了庆功宴上的御用食品。虽说这是笑话，却也可以看出这煎饼在人们心目中的地位以及它源远流长的历史。近几年来煎饼的品种越来越多，吃法也是多种多样，就是土生土长的沂蒙人也不一定完全能了解清楚的。

　　去年春夏之交的日子，我们来到沂南和费县交界的五彩山上，这里是著名的樱桃之乡，穿过缀满樱桃的绿树丛，我们来到山脚下一个农家院落。草房，石院墙，栅栏门，让我们感受到一种自然的亲切和淳厚，当我们跟随热情的老乡进了屋子，却被眼前垛成一人多高的煎饼惊呆了，几个孩子纷纷跑过去与这垛煎饼比高低，我们这些从小吃煎饼长大的人也是惊叹不已，从来没有看见过煎饼这样存放，这么多的煎饼多长时间才能吃掉，难道就不怕时间长了变质发霉？老乡看出了我们的疑惑，便向我们作起了介绍，原来一到入冬农闲的时候，各家的女人们便开始烙煎饼，要烙整整一个冬季，将烙好的煎饼一张张摞起来，摞成一垛一垛的，等开春农忙后一般就不用做饭了，将这些煎饼一直吃到下一个冬天来临的时候。

　　我们纷纷拿出带来的饭菜与老乡换煎饼吃，老乡说煎饼太干了不能直接吃，要先喷上水用包袱捂软了才行。老乡一边往煎饼上洒水，一边向我们介绍煎饼的做法，原来，做这样的煎饼也是有学问的，糊子里必须加地瓜面子，再用特制的木板耙子将煎饼刮得溜薄透明，才能放得久。我猜想，如果是趁热的时候吃，那可真是又软又香。老乡一阵忙碌之后，我们每个人便吃到了煎饼，到口的煎饼仍然不够松软，我们便将老乡拿来的咸菜大葱之类的东西卷上了吃，有的人硬生生地使劲咬，有的人一点点地撕着吃，不管怎么吃，大家此刻全没有了知识分子的斯文模样，从众人摇头晃脑的吃相上，也足以看出了山东人性格中的爽朗和豪放。

不知从何时起，煎饼这种寻常百姓的家常便饭也开始走进了大雅之堂。如今，在沂蒙山区的一些大宾馆中，常常会将烤鸭切成薄薄的片，将精制的沂蒙煎饼切成十公分见方，再配上蒜薹香椿或者其他的小青菜，外加一小盘甜面酱，你可以把它们搭配起来吃，那味道可真是美极了。还有一种吃法是煎饼与一种叫做"勾魂小媳妇"的菜配着吃，那才真叫鲜美。这"勾魂小媳妇"是用虾酱肉丁碎花生米和辣椒等炒制的，单听这菜的名字你也定能体会出这菜的滋味吧。用煎饼卷上炸得酥脆的腊肉片另加上葱丝青菜等，也是一种上好的吃法。从这些吃法中足以看出沂蒙人的聪明和智慧，竟然把这普普通通的煎饼也吃出了一种时尚，吃出了一种品味。

煎饼不光是一种食物，在不同的历史时期还发挥过不同的作用，传说诸葛亮在周瑜设下的宴席上，和孙权一起用煎饼卷菜相互会意，促成了两家联合抗曹的约定，后来武则天的谏臣徐有功（临沂人）至赤壁时曾做诗一首可以为证：

滚滚长江虽天堑，怎挡百万虎狼兵。
若非煎饼合吴蜀，天下早已归曹公。

抗战时期，也有把情报卷在煎饼里送出去的事，和平时期听说还有学生将情话写在煎饼上表达爱情的事，这些事虽然只是传说，却反映出人们对于这种食品的喜爱之情，我想，发明煎饼的古人如果地下有知，在知道了煎饼竟然会有这样的用处时，定然会偷偷乐上几日的。

昨天，在博客上偶遇一位漂泊在外的沂蒙老乡，他留言说很想念家乡，常常想起家乡的煎饼来，我想，这煎饼对于山东人来说，它已经不单单是一种食物，里面蕴含着更多的应该是难以泯灭的醇醇乡情吧。

十里汉街十里飘香

每一次走在这汉街上，心总被一种莫名的情绪牵动着。

这汉街，位于沂南县城卧龙山东麓，蜿蜒十余里。街两旁是清一色仿古的汉式建筑，站在不同的角度观望，这些建筑会呈现出不同的情趣，青色的瓦，白色的墙，飞檐画壁，错落有致，一派古色古香。一所所房子各自独立又紧紧连在一起，严整当中透出的是活泼和灵气。

这是一个初冬的夜晚，我又一次行走在这十里汉街上，一弯新月正斜斜地挂在西天之上，天地间笼罩着一层茫茫的雾气，路灯发出的光并不明亮，却温暖柔和，目光穿过朦朦胧胧的夜雾隐约可见一些青灰色的飞檐和屋脊，房檐下大红色的宫灯在风中摇摇摆摆，人们从挂着宫灯的房门里进进出出，白茫茫的热气随着不断进出的人从房门里往外涌着，瞬间便又汇入天地间的烟雾里。

汉街上的店铺林林总总，大多是茶楼酒馆之类。门口站立着穿红戴绿的女孩子，或整洁精干的小伙子，不等车辆停稳他们便会笑着迎上来，热情得简直让人无所适从。这些店铺，仿佛是一夜之间冒出来的，刚刚开街时这里是非常冷清的，那时正逢第二届诸葛亮旅游文化节开幕之时，热闹的艺术节过后，这些造型精美的汉式建筑便被打入了冷宫，它们伫立在幽静的山谷中，寂寞的身影在风中瑟瑟抖动。如今，每一个店铺前都停泊着不少的车辆，或普通的或高档的，在这淡淡的月色里，都闪烁出熠熠的光芒。从这熙熙攘攘的人流，从这来来往往的车辆，可以看出这里的一派昌盛之景，我猜想着，这一盏盏大红色宫灯下的房子里,是不是也正在上演着一个个如火如荼的故事。

那天有朋友从远方来,有人提议到汉街上转转,在中午明亮耀眼的阳光里,那些青灰色的建筑也显现出一片勃勃的生机。我们的车子向着一家最热闹的店铺奔去,在一个年轻后生的引领下,我们穿过一条迂回曲折的走廊,找到了一个僻静的地方。火锅浓浓的热气弥漫在整间屋子里,我看到雾气中的一张张脸也变得更加生动起来,在这种浓郁热烈的气氛里,人们的思维也似乎变得格外活跃,个个神采飞扬妙语连珠,在那种时刻里,每个人的心好像也被满屋的热气浸得格外温柔,格外湿润。

听人说,最红火的这家酒店是一个有钱的外地女子开的,她跟随着一个沂南小伙子从千里之外来到了这片红色的土地,在这十里汉街上将酒店侍弄得有声有色,一曲新时代的"凤求凰"正在这十里汉街上深情地传唱。

不远处的卧龙山公园里,高高地矗立着一座诸葛亮铜像,先生是智慧的化身,也是沂南人的骄傲。尽管先生能够"运筹帷幄之中,决胜千里之外",却终究不能预想到几千年之后的今天,他仍然能够为家乡人民带来丰厚的经济收入,勤劳淳朴的沂南人已经传承了先生的聪明才智,实现了一个又一个的梦想,他脚下的这片土地上迅速繁荣起来的十里汉街,就是沂南人创造出的又一个辉煌。沂南,已不再是养在深闺中的女子,沂南人创造出的好多品牌,已经冲出国门走向世界,这些,足以让先生感到欣慰了。

如果朋友们到沂南,还是选择晚上到十里汉街去吧,可以随处找一个店铺坐下来,迎面会袭来各种食物混合的香,偶尔会有管弦之声,断断续续,丝丝缕缕,似透明的轻纱拂过颊齿,看着那大红色的宫灯次第燃亮,辉映着天边闪烁的星光,一颗心也会在这丝丝缕缕的光阴里游离,沉醉,缠绵,芬芳……

十里汉街,十里飘香……

时间里的花朵

——回忆我的奶奶

奶奶已经去世好多年了，但她的音容笑貌却时常在我眼前浮现。此刻，静静而坐，许多以为久远了的记忆，又排山倒海般涌来，细细梳理记下来，以此来纪念我的奶奶。

名字与婚姻

自小我就觉得自己的奶奶和别人的奶奶是不一样的，她看上去比同龄人要年轻得多，奶奶讲卫生，这在农村老家上了年纪的人当中是很少见的。奶奶家屋里屋外总是收拾得干干净净，身上更是收拾得利利落落，即使穿着一件破旧衣服也绝对是整齐洁净的，最让我引以为豪的是，奶奶有一个雅致好听的名字。小伙伴的奶奶都是夫姓后加娘家姓再加一个氏字，如高张氏、高刘氏、高王氏等。而我的奶奶不，奶奶的名字是上过私塾的有学问的爷爷给取的，叫雪岑，这可是奶奶的自豪，即使平时从没人叫过，但在奶奶心中却存了一份永远的美好。

奶奶年轻时，曾在外国人办的教会学校学过医，18岁时经人介绍嫁给了大他9岁的爷爷，老年的奶奶多次絮叨着说，她出嫁前没见过爷爷，只知道嫁的人是个部队里的骑兵团长。出嫁那天，身骑高头大马胸戴红花的爷爷来接她时，奶奶坐在摇摆的轿子里憧憬着美好的未来，正偷偷笑呢。可是，嘈杂的人群里传来声声惊叹："呀，快看，这是新姑爷吗？咋这么老相啊！"奶奶掀起一角轿帘望去，不远处马上端坐的一个满脸络腮胡子猜不出年龄的男人，想必就是自己的姑爷了。奶奶放下轿帘，眼泪从眼窝里流下来，奶奶就这样在哭声中上路了。那时还是战乱时期，作为军人的爷爷自然不能安守家中，于是，奶奶从此过上了颠沛流离的生活，辗转各地之后，最终随爷爷回到了农村老家。奶奶将全部的心血都倾注在6个孩子身上，孩子一个个长大成人后，都有了自己的事业和工作，年老了才闲暇下来的奶奶摸起了毛笔，在一张张纸上描了又描，一行行娟秀的小楷使我们目瞪口呆，奶奶说她年轻时写一手好字，在女校里学习成绩是非常优异的，看着奶奶笔下的行云流水，我想象着花样年华时奶奶俊俏的模样，那时候她也一定有过一些美丽的梦想吧，而6个孩子的拖累足以将任何的理想磨得粉碎，这是多么可悲的事啊。有一次，我们在一起谈起女人的成功时，老年的奶奶忽然冒出一句："一个女人她想要的东西都拥有了，也就是成功了，你看我这6个孩子，个个优秀，这就是我一生最想要的，所以我是成功的。"我颚然，原来，奶奶对成功是这样理解的，我心里想，一个人最伟大之处也许就是像奶奶这样心甘平庸吧，可这世上又有多少人能做到？

接生婆与干女儿

　　奶奶是我们那一带有名的接生婆，奶奶的出名，是因为接生技术好和人品好。因为奶奶学过医，所以跟随爷爷来到老家后，便开始了她的接生生涯。

　　那时候，生孩子很少有去医院的，四邻八村里慕名来找奶奶的人很多，不管白天还是夜晚，只要有人来叫，奶奶二话不说提上她的包跟着就走。快的时候几小时就回来了，也有熬上几天几夜的时候。每次，筋疲力尽的奶奶回到家中倒头就睡，我们全家人都养成了习惯，只要奶奶从外面回来，大人孩子都悄手悄脚的，生怕惊扰了奶奶。奶奶接生从不收钱，这也是令全家人自豪的，人们感激她，就送些面饼、糖果和点心等，奶奶推辞不过就收下，再为人家小孩子做些衣服饰物什么的送过去。

　　奶奶干女儿多，这在我们那一带是传为美谈的事。有一次奶奶出去几天几夜才回来，接着生孩子的人家便来感谢她了，并且捎过女人的话，要拜奶奶做干娘，奶奶说，母子平安就是我最高兴的事，不用拜什么干娘！可是，出了满月的女人挎了包袱来了，进门就扑通跪在奶奶面前喊娘，说奶奶不答应就不起来，没办法，奶奶最后还是抹着眼泪把她拉起来。后来，奶奶又有了几个干女儿，都和上面情况差不多。于是，我就有了一大群姑姑，每到奶奶生日那天，干姑姑们都会赶过来，将最好的礼物给奶奶送上以示孝心，家里的热闹自不必说，一家老少真是开心极了。

奶奶很想把自己的接生技术传授给几个儿媳妇，但最终没有如愿。小时候经常听妈妈说："哎呀，吓死了，我可做不了这种事啊！"这是妈妈每次跟奶奶接生回来的第一句话，我的大娘和婶子也跟着学过，她们也嫌这活又脏又累又吓人，说自己不是做这事的料。于是，奶奶后来出去便不再叫几个儿媳妇跟随了，奶奶的接生技术在我家也就没传下去。幸好，如今在一些偏僻的小村庄里，人们也不会找接生婆接生了，所以，长眠于地下的奶奶应该不会有什么遗憾了。

酸枣与玫瑰糖糕

在老家那一带，奶奶的手巧也是出了名的。奶奶不但会接生，还会做许多好吃的东西。记得小时候，院子里和园里有好多枣树，不同的枣树上结的枣子也不一样，核桃一般大形状圆圆的那种叫零枣，椭圆形又扁又长的那种叫躺枣，还有一种小巧而圆形的酸枣，各种枣子形状不一，味道也不相同。秋天到了，枣子成熟了，放学后打枣就成了最快乐的事。哥哥个子高且灵巧，是爬树能手，他爬上高高的枣树便开始使劲摇晃，我们几个女孩子在树下拾，枣子像雨点一样哗哗地落，坚硬的枣子砸在我们头上，我们捂着头尖叫着，嬉笑着，乱作一团。而这时，奶奶便找来一个个小瓢子或小铁盆什么的扣在我们头顶上，枣子再落下来时，砸在瓢子和铁盆上，发出叮叮当当的声响，这声响和着我们的欢声笑语，在天空中飘荡。奶奶除了把一些枣子晒起来准备冬天吃，还腌制一些醉枣，做这种醉枣首先得拣那些一点儿没受到损伤的枣子，然后将枣屁股往酒里一蘸，收藏到容器里严严地包起来，冬闲时奶奶和家里的女人们结网子，我们便缠着她们讲故事，被我们缠急了时，奶奶便拿出醉枣分给我们吃，又脆又甜微微有些酒味的醉枣一入口，便满嘴生香，至今也难以忘记。

还有奶奶用玫瑰花做的炸糕，在那个年代，可是上好的点心。奶奶将一片片紫红色的玫瑰花瓣用糖腌制好，和上面糊，最后用油炸，做成的玫瑰花炸糕又甜又香，好吃极了。那时候缺油少糖，吃上这样的东西很不容易，许多孩子闻到香味馋得赖在奶奶家里不肯走，非等到大人来了把他们哄回家去不可。

我的长发美人

那是一个夏日的傍晚，百无聊赖的我静静地站立在窗前，仰望着远处那片蓝过千古却依然年轻的天，油然从心底产生了一种敬畏和感叹，真的没有想到夏日的天空也会如此深邃而蔚蓝。

正当我为自己的发现而惊叹之时，爸爸从门外进来了，手里还拿着一株不起眼的小花草，我疾步过去，拉着他看那远天的蔚蓝，爸爸敷衍地望了一眼，不禁一阵哈哈大笑："看你感动的样子，我还以为是什么呢？你看，这是送给你的，或许它真会让你产生敬畏和感叹呢！"说着话把手中那株小草模样的东西举到了我面前。

我用眼角瞥了一眼，不满地撇了撇嘴说："哼，就送我这种干瘪的小东西？"

爸爸把那棵弱小的草儿栽在一个白色的细瓷花盆里，而且还煞有介事地说："你呀，可别小看了它呢，我敢肯定，不用多长时间保证你就会喜欢上它的！"

日子从我眼前悄悄地流逝，一个月后，原先只有两三片暗绿色小叶子的小草，现在已经是苍翠浓郁，展现出一派勃勃的生机。几个月后，令人惊奇的事出现了，小草已经长出一根根长长的蔓，那些蔓不知道什么时候已经顺着爸爸早准备好的细绳爬到了阳台的顶端，在微微的风中轻轻地摆动着，更显示出一种婀娜动人的风姿。

望着这绿荫棚架一样的阳台，一瞬间，我感觉心底被什么东西深深地震撼。仔细想想，让我满心感到的是一种折服，是一种对生命的无以名状的敬畏之情。

是啊，就叫它"长发美人"吧！你看，那一条条在风中飘舞的柔蔓，不就是它飘逸的长发吗？还有那妩媚娉婷的身姿，简直像极了一个美丽的少女！

在那个秋日的黄昏里，我一直呆呆地坐在那里，望着我的"长发美人"，思索着一些关于生命的问题。我想就是我的"长发美人"让我在那个秋日的黄昏里，突然间长大了，变得成熟了许多，至少，它是教会了我怎样去敬畏生命，让我明白了一个道理：一粒种子足以成为一棵大树，一株小草也可能蔚然成荫。

走过百花里

有谁能够从百花里走过呢？

当著名小小说作家高军老师说这话的时候，我们两人正走在百花里这条悠长弯曲的小胡同里。

是啊，在这个6月里，在2011年6月24日这样一个炎炎的夏日，还有哪个小小说爱好者像我们这样从百花里走过呢？作为一个挚爱小小说的人，能够来到6月的郑州参加小小说节，能够来到伊河路12号，拜见心目中所敬仰崇拜已久的《百花园》的编辑们，能够和一些敬佩心仪的文朋师友欢聚一堂，内心里怎能不感到满足和骄傲呢？

我们是2011年6月22下午开始启程，6月23日早晨到达郑州的。当我们一到嵩山宾馆报到时，便领到了厚厚的一撂书，一看都是自己喜欢的，后来的会议其间，又得到了一些朋友赠书，我们都满心欢喜地收下了。那些书实在是太沉了，想来想去，我们决定先把书寄回去，于是，6月24日中午，我和高军老师顶着酷热的暑气，一人提了沉沉的一包书，从嵩山宾馆出来，向传说中的百花里走去。

吃饭时候，曾向百花园杂志社的任小燕老师打听去邮局寄书的路线，精明干练的任小燕老师干脆地说，你们从《百花园》杂志社最近的一条胡同穿过，走到头，街道对面就是邮局了。我嘴里答应着，却自知方向感太差，怕不能保证顺利到达邮局把书寄走，便向任小燕老师说，如果我们找不到的话，边走边问一下就行了。任小燕老师肯定地又强调一遍说，不用再问，出嵩山宾馆大门右拐走几步，对面的第一条胡同就是百花里，一直走到头，就会看到邮局了。

百花里，其实是一条普普通通的小胡同，并没有什么特别之处，但是那一天，当我的脚踏上去之后，心中却生出一种特别的滋味，是什么滋味呢，感动，温暖，亲切，向往，可能都有吧。我不知道这条胡同是什么时候拥有的这样一个名字，却能够猜得出它一定和著名的《百花园》杂志社有关。也正是因为这，在我这个从千里之外赶赴郑州的小小说爱好者看来，百花里，这条本来极普通的小胡同，便不同于其他的胡同了，它似乎也被赋予了一种特殊的内涵和不一般的美丽。

小心地踏着脚下每一寸土地，我们一边走一边聊着，谈论的仍然是小小说，仍然是这一次小小说的盛会，以及与小小说有关的许多人和事。

阳光炙烤着中原大地。6月的郑州是火热的，6月的郑州是沸腾的，这是因为小小说，因为来自四面八方的小小说人。而我们，和其他挚爱着小小说的人一样，也怀揣着一颗小小说的梦想，拥有着一颗滚烫的心。只是，因为我们生性喜欢静僻不善于表情达意的脾性，所以似乎一直融不进这热烈的场面，很多时候，也很想走上前去，和一些敬仰已久的师友们打个招呼，却又怕别人太忙而不敢轻易惊动和打扰他们，所以大多的时候，我们只是静静地然而却又羡慕地观望着一个个忙碌的身影，默默地感受着也感动着郑州这种不同寻常的热烈和热闹，一颗心只在暗中温暖着，柔软着。

仔细地审视着百花里的每一个角落，感受到脚下百花里每一寸土地上都包含着浓厚的文化底蕴，心也禁不住为之轻轻颤动起来。拐过几个弯，在百花里中段一所中学门前，我们停下来休息了一会儿，高军老师说，你看学校建在这样一个幽静的地方多好，孩子们可以感受着浓郁的文化氛围，安静地学习。我望着中午静静的校园连声答应着，也似乎闻到了一缕淡淡的书香，这书香，不光是从校园里散发出来的，它也应该来自不远处《百花园》的氤氲。也就是这时，我发现了身旁百花里中学那片宽阔的透景墙上，爬满了蔷薇花的秧蔓，这一发现，让我感到惊喜，也使我从刚才的沉思中猛然醒悟过来。我伸手往前一指，高兴地说，看这么多蔷薇啊！因为自己的名字中有一个薇字，所以每次看到蔷薇花时，心里就觉得这花和自己也似乎有了一种什么特别的联系，而我至今却不能准确地说出这花在什么时节里开放，能开多久。眼前的这些蔷薇秧蔓儿爬得很是欢畅，整个墙上都密匝匝地铺了一层，蔓上的叶儿生长得茂密而葱绿，显出一派蓬蓬勃勃的样子。但是，我仔细地观察着，却并没看到一朵开放的花儿，也没看见含苞的花骨朵儿。心里不免感到奇怪。见我神往沉思的样子，高军老师说这就是蔷薇吗？你敢肯定？怎么看上去像月季的叶子？我马上脱口而出说，你没看到它是拖秧的嘛，蔷薇是爬墙的，月季和玫瑰的秆是直的，而玫瑰的秆上多刺！其实，对于它们几种植物的区别，我从来没有研究过，只是凭了一种感觉而说的。见我说得肯定，高军老师便作出恍然大悟的样子说，噢，原来是这样啊！然后，他又哈哈一笑说，原来爬墙的就是蔷薇啊。我知道他是故意打趣，所以便装作听不懂他话中的意思，一笑了之。

别过那面爬满蔷薇秧蔓的墙壁，我们慢慢地走着，而我的脑海里一直在想象着，当细细碎碎的蔷薇花满满地垛上墙的时候，这里，百花里的小胡同里，定会洋溢着清幽洁净的香味，再伴了不远处《百花园》的书香，那香气，定是有着清雅的，甘甜的滋味的，定会像极了我们人生中一些难忘的日子，不是吗？

第三辑 / **水样的年华**

绿竹掩映的院落

初秋，一个艳阳高照的日子，去拜访荷风古韵的竹泉村。

在村头，下了汽车，大片的荷塘展现在我们眼前，微微的暖风里，洁白的荷花仙子，舞动着翠绿的衣裙尽情地展示着她们绰约的舞姿，这景色真的好美丽。通往村子里的路大多还是泥土的，曲曲窄窄的小巷两旁，散落着一些青砖灰瓦或者泥巴的茅草房，而这一切都是掩映在翠竹修篁之中的。路两旁或者虚掩的房门外，坐了一些上了年纪的老者，初秋的阳光透过浓密的竹叶，斑斑驳驳地洒落在他们身上，望着我们这些陌生的不速之客，他们脸上挂满慈祥的笑容，点着头看我们走过，然后，再重新提起一些陈年旧事絮叨着相互诉说。

没有人带路，你尽可以沿着竹林中的小巷走，在这里，随处可以听见淙淙的流水声，这大概便是竹泉村名字的由来吧。听说当地人大都称作泉上村，我倒是觉得泉上村这名字更质朴也更生动一些。不是吗，曲折的小路上，狭窄的小巷里，清凉的竹林间，随处都可见到清冽冽的泉水，这还不是泉水上的村庄吗。大家七嘴八舌地议论着，说在这个村子里，随便你用铁锹一挖，就能挖出清澈的泉。在一个龙头形状的小山坡下，涌动的大泉边，我们掬水在手，洗一把脸，一股清凉沁入心间。

竹林中行走，我一直辨不清方向，就由着自己的性子走吧。沿一条石板铺就的小路拾级而上，我们找到了一个小小的院落，泥巴墙的茅草房，小小的木格窗，院中的石桌石凳，都掩映在翠绿的竹影竹韵里，一切都那么简陋，简陋的甚至有几分寒酸，但这寒酸的简陋却让人感觉不出丝毫的烟火人间味，更多的是感受到一种清净和儒雅。

当年竹泉村的主人高明衡是否也在这竹林掩映的院落里居住过，我不得而知，但我宁愿相信这传说是事实。先生是明朝崇祯四年进士，曾任河南巡抚兼兵部右侍郎，官做得那么大，最终却辞归故里，寻得了这样一个幽静的住处。想想这也是先生该有的文人气质吧，文武双全、集书法画家于一身的先生就应该居住在这里吧，片片翠竹林，汪汪清泉水，泥墙茅屋，石凳石桌，更不可缺少的还是一方石砚吧。如今，静静地站在这里，遥想着先生当年挥毫泼墨的情景，依稀还闻到了飘动着的缕缕墨香。

先生居住在这样的地方再合适不过，先生的为人也正是竹的气节。当年清兵攻破沂水县城的消息一经传来，先生夫妇为保得一世清名而共同殉难，一个经历过金戈铁马的人，一个满腹经纶满腔热忱的人，就应该选择这样的离去吧。在佩服先生的为人时对先生的妻子也肃然起敬，在那个年代，有哪个女人享受过先生画衣的浪漫情怀呢(高明衡工诗画，传说尝在京画白练衣，内有花二十五种，寄其夫人张氏，并题五七言绝句)，终是这样以死相报先生，才能无愧于心含笑九泉吧。

正午的阳光竟照不透浓密的竹林，小小的院落里仍然安静清凉，跨出这小小的院落时，我们又踏上了窄窄的青石板路，抬头望，竹那么浓，那么密，一片一片的叶子，郁郁葱葱。不知道，是因为生长在这泉上吸收了这泉的精华，还是因为染了先生的气节，它们才生长得这样茂盛这样蓬勃呢？

永远的三毛

17年的时间，不算长却也不算短，足以将一个人从记忆里彻底剔除，然而有一个女子的身影，却深深地印在了我们的脑海里，怎么也挥之不去。

17年的时间，足以让许多的文字黯然失色，尘封到时光的角落里再不被人忆起，然而，三毛的文字却一直鲜活地存在于我们的的生活里，成为一个个永远的青春的梦想。

"不要问我从哪里来，我的故乡在远方……"这是一首流浪者的心音，此生本无乡，心安是归处，一茬又一茬的人唱着这首忧伤而又美丽的歌曲，走过了青春，走进了梦里。

喜欢三毛的人，哪个能逃脱对她"漂泊式生活"的向往，从西班牙到德国，从德国到美国，然后是撒哈拉沙漠，摩洛哥……远方到底在哪里？永远到底有多远？那个潇洒浪漫的女人，似乎一直都在向远方行走，行走，一直在不断地寻觅，在追求，孤独的心灵且行且歌，在不断地歌唱着生命，也在被生命所歌唱。许许多多的人都试图模仿她，但是，三毛的灵魂却永远无人能够模仿。

喜欢三毛，曾经一度疯狂。她的文字，她的爱情，她的经历，她的一切的一切都让人不能轻易相忘。如果没有爱，她怎能在撒哈拉沙漠那样的地方生活得如此恬淡，如果没有爱，一个孤独的灵魂该是多么寂寞和凄苦。

有人说荷西归西之时，三毛已经死去，那个活着的只是一个叫陈平的女人的躯体，爱情去了，活着，已经成了一种煎熬。好像是命里注定，好像生来就应该这样孤独地行走，滚滚红尘里有谁能相伴而行，难道说这种与生俱来的孤独，也算是上帝对这个美丽女子的一种偏爱？

三毛，是那样一个至情至性的女人，她所失去的是一种怎样的爱啊，她将如何活下去，将如何走完后半生孤寂的路，所以她选择了提前离去。在她临近衰败苍老之时她抛弃了所有的眷恋毅然地离去，就像那个巨星梦露，就像那个诗人海子。只是一双普普通通的长筒袜，就了结了一个曾经那么绚烂又多姿的生命，怎能不让人唏嘘感叹。既然离去会让她感到幸福，我们何不为她祈祷呢，我们何不将她的离去当作又一次远行呢，只是，这一次的远行已经没有了归期。

三毛，就这样离去了，可是，她的青春和美丽却永远地留在了我们的记忆里。

今天，是三毛离开我们17周年的纪念日，这也是一年中最冷的日子，雪花正在天空中飘舞，我想，那片最大最美的雪花一定是三毛纯洁浪漫的灵魂吧，你看，她正翩翩起舞低吟浅唱，向着远方流浪，流浪……

沂蒙山区"识字班"

20世纪80年代初期，我跟随父母从老家来到了地处沂蒙山区的沂南县，记得刚刚到来之时，左邻右舍的叔叔阿姨们见了我的面，会经常提到一个莫名其妙的词儿——"识字班"，起先不知道是什么意思，待后来明白过来之后，心里感觉非常别扭，说实话，我对这一称谓很不喜欢，觉得一点美感也没有。心里也随之产生出一些疑惑，这鬼地方，为什么把好好一个姑娘冠以这样的称呼？

不管你喜欢不喜欢，"识字班"这一称谓与其他的风俗土语一样，已经深深地根植于沂蒙山区这片土地上，在这里，无论男女老幼，没有人不知道"识字班"就是姑娘的意思，大姑娘称作"大识字班"，小姑娘称作"小识字班"。大街小巷，田间村头，随处可以听到这样的夸赞："这识字班长得真漂亮"，"这识字班可真能干"，等等。日子久了，随着对沂蒙山区更多的了解，我也渐渐清楚了"识字班"这称谓的由来。

"蒙山高，沂水长，我为亲人熬鸡汤……"相信大家对这首歌都不会陌生，它的字里行间唱出的是沂蒙人对子弟兵的深情，也是对有着优秀品质的沂蒙人的赞颂。众所周知，沂蒙山区是红色革命根据地，在这片广阔的土地上，沂蒙人民曾经用自己的鲜血和肉体，谱写了一曲又一曲英勇奋战不屈不挠的篇章，铸起了一座又一座晶莹夺目的丰碑。在艰苦的抗战时期曾有过这样的说法，山东抗战的中心在沂蒙，沂蒙抗战的中心在沂南，在沂南境内发生的大大小小的抗日故事多得数不清，几乎每一座山头都发生过激烈的战斗，每一个村庄都留下了抗击侵略者的感人事迹。抗日战争中期，上级部门为了提高全民族的素质，号召在解放区根据地进行大规模的"扫盲"运动，按年龄、性别组成各种"识字班"，当时，男人们大多在前线冲锋陷阵，女人们守在家乡，所以参加"识字班"的以女青年居多，她们坚持得最好，成绩也最突出，当时有一首秧歌调《识字班歌》在沂蒙山区广泛地流传着，内容是这样写的："识字班里真模范，俺上课堂去上班，一直上到下二点，回到家中快纺线；各人识字各人好，妇女地位得提高，能看书来能看报，也能看那北海票（当时的货币）；有的妇女不识字，瞪着两眼干撒急，识了字来懂道理，想起那过去干生气。"可以看出，沂蒙女儿在这场轰轰烈烈的革命战争中，无论做什么事都是一马当先，冲锋在前，起到了很好的模范带头作用。

后来，随着战争形势的发展，青壮年们纷纷参军上前线，沂蒙女儿"送子参军"、"送郎上前线"的故事广泛流传，当时仅有四百多万人口的沂蒙山区就有20万人参军入伍，120万人参战支前，十多万将士血洒疆场，这在全国也是极为罕见的，可以说是"家家有烈士，户户有红嫂"，沂蒙儿女的牺牲和奉献，永远载入了光辉的史册。在这场伟大的人民战争中，沂蒙山区的女性群体做出了不可磨灭的贡献，一首在当时家喻户晓的歌曲如今仍然在沂蒙大地上传唱："一扭二扭使劲扭，一直扭到那十八九，俺娘不给俺找婆家，俺就跟着那八路走。"可见八路在她们心中有着怎样高大的形象，跟着八路走是姑娘们最大的愿望。那个时期，在沂蒙大地上涌现出了一大批巾帼英雄，像支前模范沂蒙六姐妹，喊出"谁第一个参军,俺就嫁给谁"的俊俏女子梁怀玉,用身体和门板搭起火线桥的李桂芳等32名年轻女子,创办"战地托儿所"掩护了无数伤员的沂蒙母亲王换于,乳汁救亲人的沂蒙红嫂明德英……在战火纷飞的年代,她们用热血和生命谱写了一曲又一曲感天动地的华彩乐章,创造出一个又一个奇迹,可以说,这群英雄的沂蒙女儿,把慷慨无私的崇高情怀展现到了极致。这些沂蒙女儿的壮举,深深感动着党和人民,"识字班"与革命的命运紧紧连在了一起,渐渐地,"识字班"就成了未婚女青年的称谓。

　　如今,在沂南县马牧池乡的常山庄,创建了一个闻名全国的"沂蒙影视红色教育基地",坐落在这里的"红嫂纪念馆",是专门展示沂蒙女儿光辉事迹的,一张张珍贵的图片,一段段生动的文字,一个个感人的故事,向人们昭示着这个英雄群体的风采,述说着沂蒙妇女的坚韧精神。"永远的新娘"是这众多女性英雄群体里的一个,每次到那里,我都会在她面前多逗留一会儿,仔细地盯着那张图片,揣测着文字里蕴含着的故事,仿佛看到了那个遥远的秋日的清晨,一个盛装的怀抱公鸡的新娘,虔诚地对着天地,对着公婆,对着丈夫征战的方向,深深地跪拜下去……那是一个女人一生中最为神圣和庄严的时刻,在那个时刻里,她的心里已发出誓言,今生今世要为参军抗战的丈夫侍奉公婆,坚守家园。一天又一天,一年又一年,战争的硝烟早已散尽,解放的号角响彻长空,这个从未见过丈夫的新娘日思夜盼,希望能够早一天和丈夫见面,可是,老天爷却是如此捉弄人,10年过去了,她和年迈的婆婆盼来的却是一纸让人撕心裂肺的烈士证书。她本可以离开这里,再找一户人家,可是她没有,多少年过去了,她一直牢牢记着自己的诺言,坚守着,永远地坚守着。庄里乡亲一直称呼她新媳妇,直到她老去,这个称呼也没有变……讲解员的娓娓述说,牵动着在场的每一个人的心弦,人们含着泪,在心里默默感叹着,钦佩着。

　　六十多年过去了,沂蒙乡亲对女青年的称谓仍然没有改变,"识字班"们为家乡建设又谱写了一首首新的诗篇,如今,众多沂蒙山区"识字班"已经走出了家门,走向全国走向世界,她们为家乡赚来了巨大的经济财富,也带回了许多先进经验和技术,沂蒙草编、沂蒙剪纸、沂蒙刺绣、沂蒙煎饼等众多流传民间的传统技艺也展现出新的风采，聪明的商家也看好了这块独特的品牌，也用"沂蒙识字班"做项目挣鼓了自己的钱袋。

蒙山沂水好风光，最美还是沂蒙山区大姑娘。

如今的沂蒙山区"识字班"们，已经走上了新的历史舞台，她们活跃在各行各业的各条战线上，正在为新沂蒙的建设贡献着自己的力量，演奏出一曲曲新的乐章。

风 筝 飘 飘

听到儿子放假的消息，我的心一直处于兴奋之中。不知不觉间，四年的大学已经过去了一半，往后就是考研、找工作了，怎么说也不可能有太多的时间陪伴在我左右了，这样一想，心里不免感叹，时间过得真快，转眼间儿子便长大了，长大了的儿子多像是一只风筝啊，正在向着高高的天空中自由地飘飞。

记得送儿子上大学时候，我们是提前几天去的，按说将儿子送去办理好手续后我们就应该返回了，可是我却没有急着走，看看校园里送孩子的家长们已经所剩不多，儿子说："人家家长都走了，你们怎么还不走啊？"听到这话时我心中一阵伤感，尽管伤感，与儿子分手时我还是丝毫也没有表现出来。可是，当汽车开动的时候，我落泪了，我知道，这只小小鸟的羽翼已经渐渐丰满，到了应该展翅飞翔的时候，那些绕膝纠缠的日子已经一去不复返了。

送儿子回来后，我非常牵挂他，那份牵挂是无法用语言说清楚的，孩子才17岁，从未单独离开过家，每天晚上躺下后的第一件事就是想儿子，想他今天吃什么饭菜，合不合口味，想他内衣换得是否及时，想他多长时间理一次发，想不想家啊……想着想着眼泪就流了下来。有一天晚上因为流泪太多，第二天上班时眼

睛还是肿着的，当同事们猜出原因时都一起笑个不停，自己想想也很不好意思，但是，在那样的夜晚，有谁知道一个当妈妈的心里对儿子有着怎样的挂惦，又怎么可能控制住那种深深的思念？

今年春节时，在外地工作的哥哥回来了，爸爸妈妈忙里忙外，无法掩饰的快乐简直要从内心溢出来了，看了这一切我还真有点儿嫉妒呢，父母养育几个子女也只有我一个人在他们跟前，却哪里享受到过这等待遇啊。但是，当哥哥一家坐上汽车要返回的时候，我看到七十多岁的老母亲举在风中的手在微微地颤抖，雪白的头发在寒冷的晨风中飘动，她的眼睛里蒙上了一层轻微的薄雾，那一刻，我的心头一阵酸楚，赶紧把头扭向了一边，生怕自己的泪水落在了人前，那一刻，我也真正理解了什么是"儿行千里母担忧"。去年五一假期我与父亲一起回到了老家，在异乡漂泊几十年的父亲，却仍然是操着一口地道的家乡土话，与村里乡亲们津津乐道地聊着那些陈年往事，他们不停地抽烟，大声地说笑，有时还间杂着一些粗话，热烈兴奋的气氛传递给每一个人，每个人的脸上都笑开了花，脸膛红红的，似醉了一样，我知道，是乡情这杯陈年佳酿，浇醉了他们的身心啊。

每当看到天空中有飘摇的风筝，就会想起自己的父母，想到自己的儿子，想到一个个在外漂泊的游子，离开父母离开家乡的人，不就是一只只风筝么，无论你飞得多高，无论你飞得多远，系在你背上的那根线却永远也割不断，因为，你在线的这端，而故乡和母亲在线的那端。

流落街头的青春

黄昏时分，我下班路过车站附近的广场，发现路边围了好多人，好奇心驱使我走向前去，透过拥挤的人群，隐约看见一个大男孩坐在地上，凭感觉我知道又是一个乞讨者。

本来，我对现在的乞讨持一种不以为然的态度，不是缺少起码的怜悯之心，是因为自己的善良常常被他们欺骗，他们那些不断翻新的乞讨手段，真的是让人感到非常心寒。

可是，一般的乞讨怎么会引起这么多人的关注呢，我还是忍不住挤进了人群。眼前的景象把我给惊呆了，只见一个十七八岁模样的大男孩，坐在一个简易木板滑轮车上，用彩色的粉笔在地上又写又画，那一个大大的繁体的"龙"字，还有"福"、"禄"、"祷"、"禧"之类的字样，无不显示出一派庄重和威严，用行书写出的一首首唐诗宋诗，轻盈飘逸如行云流水一般，这哪里是在写字，分明是在向人们展示自己的书法艺术啊。我仔细地读着地上的诗词，默默地想着。当我读到孩子身边时，我的心感受到一次从未有过的震撼，这是一个有严重残疾的孩了，那裸露着的玉米秸一样粗细的胳膊，还有那双像婴儿一样大小的叫做手的东西，我不知道那样的胳膊和那样的手是怎样写出如此美丽的文字的，这背后的故事我无法猜测，但我敢肯定，为了这遥不可及的目的，他一定吃过很多很多的苦头。

我仔细端详了一下，那张瘦瘦的充满稚气的小脸上，始终挂着一朵淡淡的笑，身边的小录音机里播放着郑智化的《水手》，我注意到录音机旁边有一个红色的小桶，里面有些零散的纸币和硬币，四周的人们有的在注视着地上美丽的文字，也有的在那里纷纷议论着，却没有一个人将手投向小桶。趁着孩子没注意的时候，我从包里找出几个硬币轻轻地放入了小桶，就在我转身的时候，孩子发现了这事，他赶紧放下手中的笔，将双手抱在一起上下举动着连声向我道谢，他的声音清脆而欢畅。我向他点点头，然后急急地往外走去，就在这时候，我看到四周伸出了一双双手，人们纷纷将纸币和硬币投放到那只红色的小桶里。那一刻，我分明感觉到眼眶里开始汪满了泪水，我知道，人们不是在施舍，而是在奖赏一颗勇敢坚强而又热爱生活的心。

我离开人群往家走去，那孩子的身影却固执地印在我的脑海里，一直挥之不去，我不知道这孩子能否讨来幸福的未来，但我知道，那艺术的风帆本应该在某个地方张扬，而不应该流落在街头这种地方，那葱绿的青春年华本应该在某个地方昂首高歌，也不应该在这苍茫的暮色中飘摇低唱……

水样的年华

我的故乡在北方的一个小镇上，村西头有一条清清的小河，河两岸是一大片一大片的芦苇荡，到处呈现出一派江南水乡的模样。

那时候读中学还是很轻松的，我常常挟一本书坐在小河边上，清澈的河水在眼前欢快地流淌着，随手抓起地上的一片片石块，扔进河里，河水便飞溅起一朵朵小小的浪花。不知道为什么，那个时候我的心情却总是有些落寞，有些怅然，常常呆呆地望着一个地方，一望就是半天，似乎总是有一种毫无缘由的淡淡愁绪，从心中轻轻地划过。

芦苇荡也是我们常去的地方，清亮的芦音四起，悠扬的歌声回响，这里简直成了欢乐的海洋，不时被惊起的一群群水鸟，扑啦啦地飞到蔚蓝色的天上。萧葭苍苍,白雾茫茫,那如火如荼的情景也常常让我思绪飞扬,多少次曾经想象着,自己就是那一位素衣飘飘的佳人,婷婷地站立在水的中央。

从村子往东出去一里多地,有个小小的火车站。每当一列列火车呼啸着从身边疾驶而过时,我小小的心中便会充满了无限的遐想,火车上的人们从哪里来,被载到哪里去了,外面的世界肯定和这里不同,它究竟是什么样子? 什么时候我也能像三毛一样,跟随着飘忽的风儿,到外面去自由地流浪?

秋天里校园里的桂花开了,浓郁的香气在空中弥漫开去,我那颗少年的心常常被这浓浓的香气所感染,经常和一些小女生们采一些花瓣带回家中,背着别人偷偷地做成两个一模一样的漂亮香荷包,一个悄悄地戴在贴身的内衣上,另一个藏在自己盛衣服的纸箱底,有星星的夜晚,一个人漫无边际地遐想,盼望着有朝一日能把它挂在心仪的那个人的腰上。

年轻的语文老师在讲台上讲述着诗经中的"关关雎鸠,在河之洲,求之不得,辗转反侧……"看着大不了我们几岁的老师那腼腆的样子,想象着一个男人也会想一个人想得睡不着觉,课后我们就凑在一起唧喳,议论得最多的就是我们那个喜欢脸红的语文老师,议论完了,然后都趴在桌子上笑,更有几个泼辣的女生简直笑得一团糟。

有一年的春节过后,我们队里买来一台拖拉机,那可成了新鲜玩意儿,我也跟着一群男孩子围着拖拉机转啊转的,也学他们的样子爬到驾驶座位上坐一坐。可回到家后我哭了,不知道为什么,我心爱的核桃纹的碎花裙前襟上,却遍布了大小不一的十多个窟窿。

往事匆匆,如一缕缥缈的烟,自己不知不觉也已人到中年,那水样的年华早已经一去不复返,仍然不能忘怀的是那段青葱岁月里的星星点点……

贝壳头饰

一个夏日的黄昏，儿子从青岛回来，一进门就疾步来到我的面前说："妈妈，妈妈，快闭上眼睛。"我只觉得有两只手在我脑袋后面笨拙地摆弄着，我忍不住想笑，心里想：这傻小子，又要搞什么名堂呀？

当我睁开双眼时，已经被儿子拉到了镜子面前。我侧转身一看，禁不住笑弯了腰。我不太长的头发被一个贝壳做成的头饰扎了起来，五颜六色的贝壳在我脑袋后面闪烁着，如一朵朵鲜艳的小花，又如一只只活泼的小蝴蝶。

仰望着比我高出一头多的儿子，我的心里有一种说不出的自豪和幸福："傻小子，你以为你老妈是小姑娘呀？"

儿子双手扳着我的肩，仔细地端详着我的脸："妈妈，你一点儿也不老啊，头发这样扎起来真好看！"

儿子的话虽说给我增添了些自信，可自己看一看那艳丽的闪着光芒的贝壳头饰，确实不是我这个年龄所佩戴的呀。可这是我收到的最珍贵的礼物啊，是儿子爱我的心意啊！

当我扎着这艳丽的头饰走到大街上时，果然不出我所料，好多行人都用怪怪的目光望着我，有的人还在偷偷地笑。我总是微笑着向他们一一点头，挂着满脸的幸福继续向前走去。而当我扎着这艳丽的头饰走进办公室时，同事们都纷纷地围了上来："哇噻，你怎么打扮成这样？好好漂亮哟！"

听了同事们善意的取笑，我自豪地对着他们说："如果你的孩子送给你一件礼物，一定希望你时刻带在身上，你还会管它是什么颜色和什么式样？"听了我的话，同事们都微笑着点头，继而投来了羡慕的目光。

我想起以前看过的一个发生在美国的小故事，一位父亲在过生日的时候，收到了小儿子的一份礼物，是一个恐龙玩具项链，从此，这个父亲无论走到哪里都把这个礼物挂在胸前，从来不管别人用怎样的目光看着他。

如果有一天，你在大街上再看到这样一个男人，挂着恐龙玩具项链旁若无人地走着时，你不要笑他，他是一个幸福的父亲，他一定有一个可爱的儿子。如果有一天，你再看到一个中年女人，扎着艳丽的贝壳头饰旁若无人地走在大街上，你也不要笑她，她是一个幸福的母亲，她一定有一个可爱的儿子。

记忆中的小纸条

那是一个静静的早晨，我刚刚打开博客，忽然发现右下方闪出一行淡红色的字："您有新的小纸条"。

"早上好啊，朋友！"原来是一位博友在向我问候。虽然这只是一句简单的话语，但是在那个早晨，却让我感觉有一种暖暖的、甜甜的东西在心中涌动，整整一天我都沉浸在一种欢愉的情绪之中。

后来，我在博客里又收到过几张小纸条，每一次都会给我带一份温馨和感动，这一张小小的纸条，好像是一根根穿越时空的红丝线，把我们这些不曾相识未曾谋面的朋友连在了一起，让我们有了如此亲切如此稔熟的感觉。

就是这个静静的清晨，已经变得模糊了的一些有关小纸条的记忆，也慢慢地变得越来越清晰了。

在我们上初中的时候，男女生表面上是不说话的，但大家心里却都清楚，实际上有很多却是在暗中交往的。那时候，我与哥哥同班，他比我大了两岁，学习远远比不上我，但哥哥长得高高大大，非常阳光帅气，尤其惹女孩子喜欢的是哥哥体育方面特别突出，所以他的书本里常常会出现一张张小纸条，有时候我也偷偷地向爸爸妈妈告他的状，但说实话我是从心底里羡慕哥哥的，什么时候自己也能收到这样的小纸条啊，唉，可是，像丑小鸭一样的我有谁会喜欢呢？想到这些，心中又不免落莫惆怅。

后来我又上过多年学，却从没有收到过一张小纸条，再后来，小纸条的事便渐渐淡忘了。直到有一天我在参加一个函授学习班时，却意外地收到了一张小纸条，这张看上去非常不起眼的小纸条，却让我原本平静的心又仿佛忽然间年轻了许多，至今想起这事心中仍然生出丝丝的暖意。

那是十多年前的一个夏天，我考取了本科函授，学习活动安排得并不紧张，在一个课间空里，不知是谁用录音机播放起当时正流行的"你看你看月亮的脸"，孟庭苇忧郁伤感的歌声在满屋子里飘荡旋转，我的思绪也在这舒缓忧伤的旋律里飘得很远很远。这时，前面座位上的一个男同学忽然回过头将一张小纸条迅速地夹在我的笔记本中，脸上还挂满灿烂的笑，他的举动让我惊愕不已，还是我的同桌反应快，她伸手就去抓我的笔记本，而男同学的手却按在本子上就是不依，嘴里还不停地说："你可不能看，你可不能看。"我当时的感觉是有点羞涩，心里却是快乐的，趁他们纠缠的时候，我抽出本子，打开了小纸条，纸条上只有两行字：

你就像一首诗，

轻灵而又飘逸。

我的同桌趁机也凑过头来，看着小纸条上的诗句，我们笑作一团。

那个温馨的小玩笑，使我的心在那个下午着实地高兴了一番。那时候我已经年近三十，儿子都已经是一年级的小学生了，平时极少听到一句对自己的赞美之辞，小纸条上的话语不管是不是出自那个男同学的心底，但我的快乐，因了那短短的两行清秀的文字，如那夏日里的一阵清风，徐徐地吹来，一颗心，便在其中，无限地温柔而又安静。

去年暑假里从老家来了个同学，我们在一起聊了许多，他向我们谈起了少年时期的一件趣事。那时候，学习不学习几乎没有人管，闲得无聊之时，这些情窦初开的少年们开始搞恶作剧般的小故事，他们将女生们的名字写在一张张小纸条上抓阄，然后学着庄稼汉子说着一些粗鲁的话语寻着开心，同学还说，他也曾经抓到过我的名字。听着那一个个青涩年代的故事，那一刻，我们仿佛又回到了那个久远的年代，一些遥远的记忆排山倒海般涌了过来。

如今，疯长的岁月湮灭了许许多多的往事，但有些细微的小事却深深地刻在我的记忆里，似一朵朵洁白的莲花，美丽而温润，悄悄地在我的心里开放，在一个个静静的夜里，散发出缕缕淡淡的幽香……

故乡的老屋

前些日子，我又踏上了回家的路，故乡的飞速发展让我感叹不已，但是，更让我梦绕魂牵的还是儿时住过的老屋。

院子还是原来的样子，那棵老枣树仍然高高地矗立在院子里，繁茂的枝叶和粗糙的树皮似乎在向人们诉说着它沧桑的经历。我久久地站立在老枣树下，望着眼前这庄严古朴的百年老屋，思绪又飘回儿时那段快乐伴着惆怅的日子里。

我自小就常常听人们聊老屋的事，聊得最多的就是住在这老屋里的三个女人。那时候我也已经记事了，记得这屋里住着两个脾气古怪的老女人和一个美丽的年轻女人。两个老女人一个是我爷爷的后母，那是个从年轻时就守寡的地主小姐，对这个老奶奶我从没有产生过亲近之感，因为每一次与她相遇，最先遇到的总是她的拐杖，她一看见我们就跷着一双小脚用拐杖指着我们大骂，说得最多的一句话就是："我不光打你们，就是你爹你爷爷我也能打的。"每当这时，我总是躲在远处看着哥哥和弟弟与她争吵，望着她那不断摇晃的身体，心中恨恨地想这就是地主婆啊，要不怎么会这样对待我们呢？真希望她那不断摇晃的身体在突然间倒地永远也别再起来。住在老屋里的另一个老女人是我二奶奶的娘家妈,她生下我二奶奶后丈夫就去世了,伤心欲绝的她只能与眼泪做伴,年轻时就落下了眼病,后来一双眼睛就失明了,没办法,她也只能跟随着这唯一的女儿了。那个年轻的女人就是我的二奶奶,我的二爷爷与二奶奶结婚不久就被抓了壮丁,留给二奶奶一个遗腹的女儿,年轻美貌的二奶奶颠着一双小脚,多少次站在村口望眼欲穿,一直到女儿长大成人也没有再见过我二爷爷的身影,后来二奶奶与在南方工作的女儿一起生活,最后终于客死他乡。

老屋里的这三个女人,成了好多人茶余饭后的话题。也许因为在这片土地上曾经出现过一个专写花妖狐魅的聊斋先生,所以听着聊斋故事长大的故乡人好像都有着异常丰富的想象力,狐仙的故事在村里乡邻间流传甚广,好多人都说老屋里是有狐仙的,所以住在这老屋里的女人都是些寡妇,这样的传说无疑又给这座老房子蒙上了一层神秘的色彩。也有人说我的二奶奶就是狐仙化成的,那时候我常常偷偷地看着二奶奶美丽而慈祥的面孔,心里生出一些不着边际的想法,如果二奶奶是狐仙的话,那一定也是像红玉、小翠、封三娘一样为人诚信、艳丽妙曼、风姿绰约的狐女啊,二奶奶多少年如一日地照顾着这两个难以侍候的老人,她应该有着一颗怎样美丽而又善良的心呢?

两个老人相继去世后,已经年近半百的二奶奶被在南方工作的女儿接去了。我们家因为没房子住,是一直与奶奶住在一起的,二奶奶走后,我们一家便住进这神秘的老屋,听着聊斋故事长大的我,总是喜欢自己吓唬自己,对老屋里有狐仙的事也是深信不疑。农忙时节,到了天黑时分仍然见不到爸爸妈妈身影,我一个人怎么也不敢走到那个黑洞洞的老屋里去,就常常坐在院子里那棵高大的枣树下,想象着一些离奇古怪的事,就因为我不敢独自进老屋,妈妈不止多少次生我的气呢。

记得有一次,已经是繁星满天了,从地里干活回来的妈妈,看到我不但没有做饭,还一个人可怜巴巴地蹲在大门口,也许妈妈当时已经被劳累和困苦击昏了头,一看到这情形,就猛得拉起我一直把我拽到老屋最里面的一间里去,咣铛一下就把门关上了,吓得我在里面放声大哭。后来每当说起这事,我总是埋怨妈妈狠心,但一想起那时艰辛的生活,一想起说这事时妈妈愧疚的神色,心中不但不怨恨妈妈,反面对妈妈生出更多的敬爱之情。妈妈是一个何等善良而又有爱心的人啊,出生于高干家庭的她,却毅然跟随被打成右派的爸爸回到了我的家乡,当时那种艰难的生活和精神上遭受的磨难是无法用语言表述的,是妈妈的爱给了爸爸生活下去的勇气,是妈妈的爱使我们这个家庭得以完整地存在,生活在老屋里的那段日子是艰难的,可是我从没有看到爸爸沮丧过,他总是那么乐观地生活着。爸爸常常教我们识字,给我们讲故事,爸爸最喜欢讲的仍是家乡盛产的聊斋故事,听着一个个动人的故事,我禁不住动情地对爸爸说:"我再也不怕狐仙了,我觉得妈妈也是一个美丽的狐仙,是一个像红玉一样美丽善良的狐仙。"记得那时爸爸笑了,笑得是那样甜。

后来,我离开了故乡,二十多年过去了,有关老屋的记忆依然是那样清晰,每每想起,总是纯纯的如一道清清的小溪流淌在我的心底,弥漫成丝丝缕缕的记忆,是那样地温馨,是那样的甜蜜……

淡淡的春愁

窗外,落花在风中飘舞翻飞,一片片洁白的或者粉红色的花瓣在空中打着旋儿,然后再随着风儿纷纷四散,刚刚还是那样地傲然枝头清雅倦倦,只是一阵风雨过后,它们的生命却已经走到了终点。望着风中飘飞的花瓣雨,我的眼睛禁不住有些潮湿,少年时一些琐碎的趣事也禁不住浮在眼前。

记得那也是一个落花飞舞的日子,我与小伙伴们又来到村子东头的小河边,缤纷的花瓣雨掠过我的双肩,长长的柳枝在风中摇曳,当我们在河边的草地上尽情地玩耍嬉戏时,一个小伙伴所说的故事吸引了我们的注意力。如今,我已经不能完整地记起同伴所讲的故事,但我却依然清晰地记得,她所讲的是有关前世轮回的事。

故事的情节并不是多离奇，但却深深地打动了我的心。就是这个故事，让我在那一个落花纷飞的下午，一直都在思考着一个问题，前世里自己到底是一个怎样的人，可是一个云鬓高挽长裙迤地在街角处等候青鸟的婉约女子，在我的身上是不是也曾发生过一个个美丽的故事？就是在那个下午，我坐在村头的小河边，痴痴地望着东流的河水想了许久许久，忘记了时间的流逝，也忘记了同伴们的嬉闹，思绪如一缕轻烟，纷纷向远处飘散。

我找来一片大大的花瓣，将两个名字并排写在上面，再将这片写着名字的花瓣悄悄地放到了河水里，也将我的一个美好的梦放逐出去。那个时候的想法就是如此简单，因为听大人们说过，这条小河的河神是一个叫做孝妇的女子，如果你把自己的心愿告诉她，她一定会想办法帮助你实现的。

好多年过去了，也许在这个世上除我之外谁都不会知道，在那个花雨飘飞的下午，有一个小女子将一片写有名字的花瓣放逐到水里，也许今生谁也不会知道，那片大大的美丽的花瓣上写了谁的名字，可是，每当我想起那个春天的下午，内心里仍然会生出一丝丝的甜蜜。

如今，窗外又是落花满天，不知道为什么，此刻，我心中忽然生出一丝淡淡的愁绪，也如这风卷起的花瓣雨，慢慢地向着远处漾开了去，如烟，也如雾……

有一种香味叫怀念

早晨为婆婆收拾房间，忽然发现了一张以前没有见过的照片。照片上的婆婆穿着大红色的毛衣，两条长长的辫子自然地垂在胸前，年轻的脸上荡漾着幸福的笑容，公公站在她的身边，一手轻轻地揽着婆婆，是那样地英俊，那样地伟岸。我呆呆地看了很久，心中生出一阵感叹。

粗糙的相纸和并不均匀的彩色记下了那段已经泛黄的岁月，摸着这张相片，心中不仅生出一丝酸楚。我这才意识到，唠唠叨叨的婆婆也曾经有过花一样的年华，也曾经那样地小鸟依人；墩厚木讷的公公也曾经有过火一样的热情，也曾经有过勃勃的青春。

如今，公公已经离我们而去，岁月的藤已悄悄地爬满婆婆的额头，婆婆的银发让人怎么也看不出她曾有过怎样的青春韶华。我想，婆婆一个人看这张照片时会是一种什么样的心情？是"无可奈何花落去"的伤感呢，还是饱经沧桑后儿孙绕膝的幸福？或者两者都有吧，那会是怎样的伤感，又会是怎样的幸福？

想起婆婆为什么常常抚弄那些压在箱底的衣服，鲜艳的，淡雅的，纯色的，碎花的。每到夏天，天气晴朗的时候，她都拿出来放在太阳底下晒一晒。我几次想给她收拾一下她都不肯。如今我突然间明白了，在她翻晒这些衣服时，会怀有一颗怎样落寞的心，婆婆翻出的不是衣服啊，而是早已逝去的烂漫青春。

摸着那一摞摞的衣服，我沉思了好一会儿，比公公小了整整7岁的婆婆，曾经得到了公公怎样的疼爱，而且照片上的婆婆又生得那么美丽，这些衣服还不就是最好的昭示？如今公公已经离开了人世，如果没有那些美好的回忆，婆婆该如何挨过一个个漫漫的长夜，迎来一个个日出？

岁月让我们改变，改变让我们怀念。在慵散的阳光里，在朦胧的月色里，我们的思绪总会如一缕缥缈的烟，飘到很远很远的从前。

逝去的才让我们回忆，回忆的才觉得那么美丽。或许正如张爱玲说的"回忆这东西要是有气味的话，那就是樟脑的香，甜而稳妥，像记得分明的快乐；甜而怅惘，像忘却了的忧愁。"

每当风起的时候，或许会飘过一缕的香味，那就是——怀念。我想，你应该静下心来，去细细地体会。

那个最胆小的孩子

台下，人真多！第一次在外地上公开课，心里有点慌。我稳了稳神，走到台上。我很想在课前短短的交流中，给学生留个好印象。

没等我开口，孩子们已经呼啦站起来："老师您好！"声音整齐，洪亮。

"同学们好！"我赶忙招手，向大家致意。

"同学们，老师想知道，咱们班谁读书最好，谁写字最好，谁回答问题最好……"我朝台下扫了一圈，目光里充满了鼓励。

"老师，我说，我说……"声音的浪潮在屋里翻滚，我仔细倾听着、分辨着，随手在黑板上写下一个个名字，然后，在旁边画上漂亮的花瓣，写上"××星"。

"啊！"

"呵呵！"

很显然，看到这种形式的表扬，孩子们很喜欢。一双双黑亮的眸子兴奋地望着我，我知道，他们的心被我紧紧抓住了，这对我今天的公开课来说，无疑是个好兆头。

我话题一转："孩子们，老师还想知道，谁是咱班最胆小的孩子？"教室里出现片刻安静，接着像炸了锅一般："是胡丽丽，胡丽丽，她胆小，学习也不好！"大家纷纷将手指向一个角落里。

那是一个瘦弱的小女孩，其实，她的一举一动早落在我眼里。她不举手，也不张口，只是静静地坐着，好像这一切都和她没关系。

我的目光落在她身上，小女孩不敢直视我，慢慢低下头去。

我几步跨过去，伸出手抚摸着她的头说："孩子，大家说你是个胆小的孩子，我看不像。他们在自己位上回答问题，你跟老师到讲台上回答好吗？"我尽量让自己的声音显得柔和，让目光变得更亲切。

小女孩忸怩着，最终还是站了起来。她瘦小的身子就那样靠在我身上，跟着我慢慢往讲台走，我的手掌始终没有离开她的肩膀。说实话，一开始我心里真捏着一把汗，生怕她不肯站起来跟我走。

"丽丽，跟老师说说你最喜欢谁，随便说，说多少都行！"我想先鼓励她开口，别的就好办了。

"我最喜欢爷爷。"说了这几个字，她脸先红了。

"爷爷？"为什么不是爸爸妈妈，我心里一颤。

丽丽咬了咬嘴唇："爷爷每天给我做饭，还送我上学……"

"老师，她爸爸出了车祸……"

"她妈妈不要她了……"

课堂上又是一阵嘈杂，丽丽的头又低了下去。

"丽丽，先说爷爷的样子，然后再举例说爷爷的特点，心里怎样想就怎样说吧！"我仍然用鼓励的目光盯着她，她的大眼睛忽闪着，闪着明亮的光。

丽丽稍稍沉思："爷爷个子不高也不矮，胖胖的，布满皱纹的四方脸上一双眼睛炯炯有神，样子很和蔼，说起话来很风趣……"她讲到这里顿了顿，脸又红了，低了头不再吱声。

"丽丽说得真好，谁说丽丽是胆小的孩子，你看，她能够站在这里流畅地讲着，真不错，我们为她鼓掌吧！"我一带头，教室里响起一片掌声。

丽丽又细声细语地说起来，虽然说得简单了些，但爷爷的特点却显现出来。

我接着问："谁还想说说自己最喜欢的人，像丽丽那样，举出一两个例子，这个人的特点就出来了。"

孩子们争先恐后，一会儿工夫，好多同学都介绍了自己喜欢的人，我不失时机地表扬鼓励着，其间也不忘用目光关注着丽丽。

"同学们说得太精彩了，这节课，我们就上作文课，题目是《我最喜欢的一个人》，请同学们将自己刚才说的写出来吧。"我随手在黑板上写下题目。

教室里静下来，只听见笔落在纸上的刷刷声。我在学生中间巡视着，不时低下头观察指导他们，这中间，我每次走过丽丽身边，都不忘送上一道鼓励和赞许的目光，有时用手摸摸她的头。在这节课接近尾声的时候，我说："孩子们，现在，我想找几名同学到前面来，将自己的作文读给大家听……"我的话音未落，丽丽已经高高举起了手，一双眼睛紧盯着我，充满了期待。

我点了她的名，她站起来。

我动情地说："同学们看，丽丽真的很勇敢，相信你们再也不会说她是胆小的孩子了，大家一起鼓励她吧！"

"胡丽丽，你真行！胡丽丽，你真棒！"同学们伸出手掌竖起拇指，有节奏地喊着。

掌声雷动。穿过一道道温暖的目光，胡丽丽勇敢地向我走来，我笑了，同学们也笑了。

这一次，丽丽读得很流畅。

研讨会结束了，我即将离开。忽然，身后传来一个细细的声音："老师！"

我惊喜："丽丽！"

"老师，您还给我们上课吗？"

"丽丽，老师有机会还来，你是个好孩子，以后到了北京上大学去找老师好吗？"我随即从包里掏出一个软皮本，在扉页上写下一行字：赠给可爱的丽丽。

然后,写下自己的地址。

汽车开动了,微凉的秋风中,那个瘦小的身影,渐渐模糊了。

10年后的一天,我忽然收到一张明信片,上面写着一行字:老师,谢谢您!是来自北京某名牌大学的,心中愕然,一看下面署名:胡丽丽,我的眼睛潮湿了。

最美丽的笑容

"5+5等于几?"

"2+2等于几?"

"1+1等于几?"

"呵呵呵,她是傻子,什么也不会!"

这一声声稚嫩的童音从身后传来,我禁不住打了一个寒战。操场上,一群孩子正围着我班的一个智障儿一个劲地提问题。回答这几个简单的问题对于平常孩子来说,当然不成问题。可是,对于一个智力有问题的孩子这无疑是一种戏弄和侮辱。孩子们看到我在注意他们,便一窝蜂地散了,我怜爱的目光落在那个女孩茫然的脸上,她微微地笑着,向着我大声喊了一声"老师好"。那一刻,这茫然的表情,这微微的笑容,这清脆的喊声,像一把把软软的刀子刺向我的心,使我的心感到了一种从未有过的抽搐和疼痛。

冰洁,多么美丽的名字,小时候她和其他孩子一样也是个冰雪聪明的可人儿,可是,5岁时的一场大病使她成了现在这个样子,除了傻乎乎的笑以外似乎什么也不知道。说实话,一开始我是死活不愿意接受这个学生,但是,迫于学校的压力,再说学校决定只让她跟班就读,并不计入我班成绩,没办法最终我还是答应了下来。

　　冰洁的妈妈拉着我的手说了好多感激的话，这个漂亮而忧郁的女人眼睛里竟满含着泪水，她向我介绍了孩子的大体情况，大意是说只要孩子在一个好环境里长长身体她就满足了，不祈求其他，我应付着把她安排在班里。

　　从此，这个上课不知道听讲，作业从来不交的女孩子，就成了我们班里的一个另类。下课了，整个校园便顿时沸腾起来，冰洁孤单的影子和其他同学成群结伙的热闹情景形成了鲜明的对比，但她好像不懂得烦恼，依然我行我素独来独往，不管什么时候，脸上始终挂着一种茫然而快乐的微笑。现在想想那是一种什么样的笑容呢？好像是天塌下来也与自己无关，对于她这个样子，说实话，我从心里不喜欢，所以也很少关注她。

　　作为班主任，我在班里经常表扬一些表现突出的学生，比如学习成绩优秀的，参加劳动积极的，热爱集体的，热心助人的，只要有闪光点的同学，就会得到老师的表扬，班里的同学几乎都得到过我的表扬，只有冰洁是个例外。有时候，我也看到过她和其他孩子一起打扫卫生什么的，可是，在我的眼里她只是一个什么也不知道的傻子，所以每次表扬学生们，我从来没有注意过冰洁是什么样子。

　　直到在操场上看到孩子们一起拿冰洁来寻开心，我才恍然大悟，我知道我错了，我一直在伤害着一个无辜的孩子，我的漠然无疑给其他学生造成了误导，他们也一直在伤害着一颗纯洁而美好的心灵，我为自己对这个孩子的忽略产生了一种深深的歉疚，她也是我的学生，也是一个家长的宝贝，应该和其他孩子一样得到同样多的爱和尊重才行啊，我应该想什么办法，来给予这个孩子一点补偿呢？

　　主题班会时间到了，我对着全班的同学说："老师今天想送同学们礼物，不过老师的礼物要先送给冰洁，如果你们也喜欢的话，再送给你们好吗？"说完我向着冰洁身边走去，一边用手摸着她的头一边说："冰洁，老师喜欢你！"接着又紧紧地拥抱了她。

　　雷鸣般的掌声在教室里响起来，"老师，我也要！""老师，我也要！"

　　"同学们，如果你想得到这样的礼物，就先把你的礼物送给你的同学吧，无论何时何地，希望同学们都要记住老师的话，爱别人就是爱自己！"

手相握，心相拥，一张张小脸像被阳光均匀地洗过，泛发出金闪闪的光芒。我发现，平时那张总是一片茫然的小脸上，挂满了笑容，那笑容是那样灿烂，那样自然，那样纯净，那是我见过的最美丽的笑容。

那 些 花 儿

掀开记忆的窗帘，那些花儿就会清晰地出现在眼前，芬芳，鲜艳，一朵一朵，在阳光下绽放出缤纷的笑靥，那是一张张充满稚气的孩子的脸。

那一年的夏天，18岁的我带着满腔的憧憬和希望，走进了异乡的大山深处，成为一个名副其实的孩子王。那座大山上栽满了马尾松，显现出一片生机勃勃郁郁葱葱，一如我飞扬的青春和澎湃的热情，林间满是细碎的野花，似夜空里闪烁的繁星。18岁的心也被这大山里的景致点缀得格外的清纯，格外的晶莹。

年轻的心总是对美好未来充满了期待，充满了向往，多少次偷偷地模仿，多少次暗暗地设想，是那样迫切地希望自己第一次走上讲坛时，能给学生留下一个最初的美好印象。

可是，当我的双脚踏到那神圣的讲台上，当那一道道目光倏地落到我的身上时，突然之间我的脑子里却成了一片空白，事先背诵了多少遍的开场白此刻全飞到了九霄云外，我手足无措红着脸就那样傻愣愣地站在那里，好一会儿也说不出一句话来。

当我回过神来时，讲台下开始出现了嗤嗤的笑声，也有的在窃窃私语，我怎么也没有想到会出现这样的情境，简直窘极了。我急忙背过身去面朝黑板，不想让学生看到我的泪水正在眼眶里打转。可是，那双不争气的手却一直在微微地颤抖，是啊，18岁的心里盛满的应都是灿烂的笑，哪里能承受得了这种难堪和尴尬，只觉得一阵阵眩晕向我袭过来，从内到外，从上而下，彻底地将初生牛犊的勇猛气概击打得粉碎，那个时候，真恨不得地上能生出个老鼠窟窿来，让我马上钻进去，我不知自己是怎么走下讲台的。

第二节课时间到了，当我迈着沉重的步子重新走进教室时，真不敢面对下面的孩子们。我慢慢地走上讲台，忽然，我发现教桌上放了一束粉红色的野花，旁边还有一张白纸，上面写着一行歪歪扭扭的字："老师，我们喜欢你！"我拾起那束花仔细地端详着，脑海里闪过奶奶的影子，想起了临行前奶奶的嘱托，想起了小时候站在学校古钟下的痴想。那一刻，我仿佛看到了晨曦中山路上那一个个小小的身影，暮色中村头上孩子父母那一张张焦急的面孔，我仿佛看见在这所低矮的房子里，没有老师管理的学生散乱得就像一窝蜂。这一切的一切都一股脑儿地涌来，我猛地甩了一下头发挺直了身子，教室里静极了，从那一双双专注的眼睛中，我分明感受到了一种无限的信任和鼓励，我转身在黑板上工工整整地写下自己的名字，"同学们，这是老师的名字，谁认识这个字？"

"老师，我认识，这是一种花！"

"这么难写的字也认识啊，你可真聪明！谁的名字还是花？说给老师听听好吗？"

"老师，我叫菊。"

"老师，我叫梅。"

"老师，我叫丁香！"

"老师，我叫根，我爹说如果没有根的话，花和叶都会枯萎。"

"老师，我叫雨，没有雨的话，在地上的万物都不会生长，花儿当然也不会开放了！"

我微笑着对着孩子们一一点头，继而对他们说："同学们，在老师的眼里，你们是一朵朵神奇美丽而又纯洁无瑕的花儿，老师的名字也是一种花，那就让我这朵大花和你们这些小花做最好的朋友吧，老师很想和你们一起走上寻求知识的道路，你们知道吗，只有读书才会让人变得更聪明更漂亮！"

一阵阵掌声响起，一张张笑脸灿烂成一朵朵花儿模样，在那个极其普通的夏日里，我经受了人生中第一次不同寻常的洗礼。我分明感觉到那座低矮的瓦房里弥漫着一种浓郁的芬芳，瞬间又涌出窗外，与空气里野花的馨香汇合在一起，飘向大山的更深处……

第四辑 / **云朵上的村庄**

云 在 青 天

云的床和我的床对着，中间只隔了一步远。

高三那年我们除了学习之外，原本平静的心开始泛起波澜，一天晚上，云忽然爬到我床上说："快毕业了，你打算往哪儿报考？"

我说："还没想好。"其实我和陈东早已约好，一起报考北京那所向往已久的名牌学校。

"大家私下里都说，你和陈东报一所学校呢。"云那双闪亮的大眼忽闪着，虽然是在黑夜里，我也看出流露出一丝狡黠。

"净瞎说，没影的事。"我笑笑，装作若无其事。

陈东是我们班长，我和云都是课代表，陈东的成绩在全年级数得着，又是体育健将，女生们说他特像周润发，背地里都叫他发哥。我和云都是以本乡第一的成绩考进那所重点高中的，但无论怎么努力，就是比不上陈东。我和陈东暗地里好是从高二开始的，我们约好将来上一所学校，这些陈东绝不会说出去，很显然云是瞎猜的，我才不会卜她的当呢。

那晚我从外面回来时，云已经睡了。云的上铺和我的上铺是一对双胞胎，以往这时候她们还在说话，喊喊喳喳的，今晚不知为什么睡得这么早。我怕影响她们，没洗漱，就悄悄上了床。刚才在操场边的合欢树下陈东第一次吻了我，陈东唇上的温热还留在我发烫的脸上，这巨大的幸福使我在黑暗中翻来覆去，很晚才入睡。

第二天早上，我还在睡梦之中，就听到云的喊声："我的钱呢，我的50元钱丢了！"

我抬头看看，一对双胞胎早从上铺下来，亲热地问云一些问题，姐姐揽了云的脖子说："想想没放错了地方？"妹妹也用热切的目光望着云，又是帮着翻被子又是翻褥子。双胞胎长得一模一样，很少有人分出谁是姐姐谁是妹妹，只有在宿舍里从住的床铺或者妹妹肩上露出的铜钱大的红胎记才能分辨出。

我起床，诧异地望着云，云愤愤的目光正好从床那边射过来，落在我脸上："怎么会记错？我昨天才放在褥子底下的。"她在回答那双胞胎姐姐的话。

我问道："怎么了云？钱丢了？"

"是的，是的，咱们宿舍里出了贼！"云这时不再看我，双手从床头拿起枕头又使劲地扔回床头。

宿舍里的女生几乎全聚拢过来，七嘴八舌地议论着，有的说："查查看，说不上能找出来！"话音未落就遭到反驳声："也没记号，怎么找啊？"

有个女生干脆骂起来："谁偷了去给她娘买药，要不就是买孝帽子戴！"这话真管用，她向大家表示了自己的清白。

突然又有个女生冒出一句："昨晚谁回来得最晚？"

"是我，我回来晚。"一听这话我很气愤，回来晚怎么了，但为了团结，我把到了嘴边的话又咽回去。

目光一齐落在我脸上身上，我感到极不自在，好似当众被剥光了衣服似的，我说："我回来就上床睡了，怕影响大家，连洗漱也没有。"我心里没鬼，我说得理直气壮。我不想用恶毒的咒骂来显示自己的清白，我瞧不起那个女生，觉得低俗的人才会那样。

云的声音从我面前的人缝里掷过来："谁偷了谁心里清楚！"

高考前的那段时间，我心情糟糕透了，云经常在宿舍里摔摔砸砸，冷嘲热讽，大家有时候三五成群地凑在一起嘀嘀咕咕，但只要我过来，就立刻噤了声，我总感觉有一些冷冷的目光射在后背上，我为此愤怒、沮丧。而陈东呢，说忙于学习，也几乎不再和我联系。

那段时间重病的父亲突然去世了，奔完丧回来两周就高考了，成绩出来时，我吓了一跳，平时在班里十几名的同学也比我考得好，我上了外地一所师范院校，而云只比陈东少10分，和陈东都上了北京的名牌学校。4年大学我和云还有陈东一直没联系，后来听说云毕业不久就做了陈东的妻子。而我毕业后没回家乡，留在外地当了一名中学老师，不久和一个宽厚温和技术好的外科医生结了婚。

再和陈东相见已是七八年后，陈东说是来这里出差。那天下午的阳光很好，有着习习的风。街上行人稀少，我和陈东走进树影里，又走进阳光里，然后再走进树影里。我说："陈东，怎么不和云一起来玩，我还真想她呢！"

陈东那张刚才还挂着微笑的脸突然阴下来："她，已经去世了。"

"啊，怎么会呢？什么时候的事？"我感到很吃惊。

"肺癌，3个月前。临死前她抓住我的手不放，她说她不能把这秘密带进棺材里，一定要我找你替她道歉，当年那50元钱她根本就没丢，她还说对不起我们俩……"

"这……"我怔怔地站在那里，一时说不出话来。

"你说我那时多傻啊！"陈东站在树影里，透过树叶的阳光斑斑驳驳地照在他脸上，他略带忧郁的目光望着我，眉心皱起一个疙瘩。

"别说了，陈东……"我别过头去，不争气的眼泪流出来，一滴滴落到地上，跌碎了。

这时，一阵铃声响起，是老公打来的："老婆，我安排好了，你和陈东过来吧，给他接接风。"

我抹了一把脸，抬头对陈东说："咱们走吧，他说给你接风。"

陈东没吱声，跟在我的背后走。我们默默的，直到前面的路口。

抬头，我看见远处的青天上，挂着一朵朵白白的云。

云朵上的村庄

五月,巴蜀大地,应该正是花团锦簇的时节,红的花、黄的花、粉的花,一片片,一团团,一簇簇,婀娜多姿,赏心悦目。几天前,你,是一个那么令人向往的地方。

那一天,我们曾经穿过花丛,沿着盘旋而上的山路,一步步,向你身边走去,一直走进了你温暖的怀里。你像是一个含羞的少女,躲在巴蜀的大山深处,可是,你耀眼的美终究掩藏不住,终于,人们将你朦胧的面纱揭开,将你娇艳的面容展示到世人的面前。多少人,从四面八方涌来,听你婉转动人的笛韵,多少人汇聚到这里,看你翩翩起舞的身姿。你拥有的是一份异乎寻常的美,却从来也没有张扬,你的美如山涧流淌着的小溪,是那样清澈,是那样纯粹,那是从骨子里生出来的朴实和纯净,那是一种与生俱来的美丽。

人们都说,你是云朵上的村庄,是啊,就在几天前,这里还是欢乐和祥和的海洋,这里还是飘着祥云的伊甸园。

那一天,当我从你身边走过,我看见在乡间的小路上,行走着一个个身穿艳丽服饰的羌族女子,她们自由,欢快,山间回荡着一串串银铃似的笑声,那笑声,顷刻间跌落进满山遍野的花丛,连花儿也不禁为之动容。

云朵上的村庄,多美丽的名字啊,那天,我真得看到了云朵,就飘在我的脚下,红的,白的,黄的,紫的,一朵一朵的,一片一片的,在我的身边飘啊飘,我一伸手,就抓了满满的一把,湿湿的,绵绵的,我把这绵软温润的云儿捧在手里拥进怀里,云儿便一直融进我的心里。

只是与你有过一次短暂的邂逅,只是一次擦肩而过的萍水相逢,而你嫣然的美丽却永远地留在了我的心中,后来,在梦里一次次穿过了花丛,行走在那盘旋而上的山路，再来到了你的身旁，我总是看见那一双双清澈无邪的大眼睛，看见孩子们脸上那天真烂漫的笑容，他们那拎着书包奔跑的身影，一直在我脑海里晃动。

可如今，那一个个婀娜多姿的女子，那一道道拎着书包奔跑的身影，你们在哪里呢？我们素不相识，可我却是如此的挂念着你。此刻，我是多么想知道你们的信息，哪怕只有一句话，哪怕只是一个字。

我真得不敢相信，曾经那么美丽的汶川，那个飘在云朵上的村庄，如今变成了一片废墟，我真得不甘心，那么美丽的你，会在突然之间消失得无影无踪。

我知道，在无法抗拒的大自然强大的力量面前，人类是渺小的，生命是脆弱的，但是，在汶川，在这片被血水与汗水浸透了的土地上，我们分明听到了一种顽强的声音，那是人类正在与强大的自然进行不屈不挠的抗争，他们在向自然宣战，在向世界呼喊：人人都献出一份爱，爱，就是时间，爱，就是生命。

汶川，这个不起眼的地方，如今成了人们最牵挂的地方，汶川、茂县、绵竹、映秀、北川等一个个名字，被人们一遍遍地念叨着。

我深深地怀念着，巴蜀大地上，那一个个曾经飘在云朵上的村庄！

往 事 如 歌

夜色将至，城市里已经华灯初上，到处都是摇曳多彩的灯光。我慢慢地行走在大街上，身后忽然传来一首怀旧的老歌："……不管你愿不愿意，日子总会悄悄地离你而去……"

是啊，岁月在不知不觉中过去，往事如一首首轻歌在耳际吟唱，有些事情你无论寻了千百个理由却总也挥之不去，一次次地想忘记，其实是又多了一次机会想起。

20世纪80年代初期，我还是一个扎着羊角辫子的小女生，那时候，我生活在大山深处的一个学校里，校园坐落在群山环抱之中，满山的马尾松郁郁葱葱，林间开着好多好多不知名的小花。

山脚下是一条清清的小河，春天，岸边柳絮在风中翻飞，桃红色的石竹花星星点点地开了，我们几个小女生常常在河边嬉戏，学着电影里的时髦女郎摆着杨柳腰袅袅地走路，盼望着成为诗经里的窈窕淑女的模样。那时还没有电视，学校里仅有的娱乐工具就是一个手风琴和一个录音机，却全被几个男生霸占了去，每到傍晚从他们宿舍那边总传来《童年》、《北国之春》等流行的乐曲，他们不停地拉啊唱啊，常常一直到夜深人静的时候。

女生们常常在宿舍里对他们评头论足，有时也开一些玩笑，然后乱作一团大喊小叫。当时武侠小说和言情小说正风靡一时，《七剑下天山》、《书剑恩仇录》让我们如醉如痴，同时我也深深地迷恋琼瑶和亦舒。郭靖、陈家洛、易兰珠、香香公主……这一个个痴男怨女经常搅得我神魂颠倒，有时连做梦都喊着他们的名字。

最让人兴奋的是学校开联欢晚会，元旦那天晚上，大家都欢聚一堂，几个毛头男生的歌唱把我们的情绪提升到了最高度，一位刚从师院毕业的教师，沙哑着嗓子唱了一首《蜗牛与黄鹂鸟》，简直把我们笑弯了腰。优雅舒缓的《渔光曲》把我们带进了一个沉醉的境界，我们轻轻地拍手，我们轻轻地和唱，"绿草苍苍，白雾茫茫，有位佳人，在水一方……"那些美丽动人的句子，使我产生了无限遐想，欢乐自心底汩汩流淌，幸福的花儿在心中绽放。那时，小小年纪的我也曾莫明其妙地烦恼，静夜里也曾偷偷地想：谁能够逆流而上，来找寻我的方向？

日子像风一样飘去，往事似歌一样仍在耳边回荡。

昨夜忽然梦回故地，河边柳絮纷纷扬扬，坡上小花星星点点，还有那缥缈怀旧的"绿草苍苍，白雾茫茫，有位佳人，在水一方……"

红尘中的净土

第一次去颐尚温泉，就被南面的那座小山所深深吸引。因急于回返，心中便遗憾不能仔细地看个究竟，身边的好友许是从我满目的惊奇中猜出我的心意，抬手往南一指，告诉我说，那叫七松山。

七松山，是座假山吧？我望着山上一块块突兀的似乎是从地里一下子冒出来的大石头，和一棵棵苍翠坚挺的松树问道。朋友说，奇就奇在这里呢，第一次来这里的人都以为是假山，但它却不是假的。说话间我们已经上了车，从山下经过时，我心里存了千万个疑问，一时却不知从何问起，只能恋恋不舍地扭过头去，向着山的方向一直望着。汽车拐过弯去，直到看不见那座山的身影，我才转过身子。

几天以后，一个周六的上午，看天气晴朗，阳光暖好，我忍不住再次来到了这里。

进了颐尚的大门，就见院中冬日的湖边依然游人不少，温泉的门口有许多进进出出的人，想必多是泡温泉的。此刻，我的心已经到了南面的小山上，无心去泡温泉澡，便径直往七松山走去。

离得近了，才发现山上并没有多少黄色的土，石头无论大小，全部是沙白色的，都向稍微偏西南的方向微微斜着，在阳光下泛着耀眼的光芒。我随手从地上拣起一块碎石，仔细地观察，觉得这应该是小时候俗称火石的那种，我知道这种石头硬度大，便对着山上的一块大石使劲地敲了几下，于是听到几声当当的响声，清脆而悠扬。这座山不大，从这头走到那头，用不了多长时间，也没有特别难走的地方。一会儿工夫，便到了山顶，站在山顶，向四周望去，除了在东边不远处还有一座和这座山差不多大的苍翠的小山外,这方圆目之所及的地方几乎全是湖地,看不到其他什么山。这让我感到更加奇怪。我走得很慢,只想仔细地看看这个地方,山顶的西边,有两棵扎根在石头缝里的挂着牌子的老松树,牌子上写着"片松",下面写了"1200年"的字样,看看这两棵老松树,才发现它们和其他松树的不同,傲然坚挺的树干,粗糙的树皮,用手摸一摸,感觉到有一种触目惊心的苍凉,而这份苍凉里又透出一份宽厚与慈祥,好像在向每一个从它身边走过的人诉说着曾经的世事与沧桑。站立树前,心里肃然,忽然觉得这两棵苍老的片松,像极了两位饱经沧桑而又知多见广的老人。

下得山来,果真遇到了一位见识广博的老人,老人姓郑,是颐尚温泉的工人。健谈的老人得知我们是专门来游山的,便打开了他的话匣子。老人先是指着东面不远处的那座小山说,那是杨山。杨山?我心里一动,它肯定和面前的松山有着某种关联吧。果真也是如此,老人的话解除了我的疑问。原来,这松山和杨山竟然是传说中的杨二郎用一根细细的草秆从西南方向挑来的,杨二郎疾步行进到这个地方时,路遇一个年轻的村妇,村妇见他用细细的草秆竟然挑着两座巨石林立的山快步如飞地走着,心里大奇,遂问道,你怎么用这么细的草秆挑山?没料到村妇的一句直言道破了玄机,她话音刚刚落地,杨二郎肩上的两座山便啪地落地。于是,这平整的原野上,从此便突兀地生出两座山,那便是松山和杨山。

哦,原来是神仙所为。我恍然大悟。

老人又指着他脚下几片有层次的平整的土地说,这地方曾经有一个寺庙,叫龙泉寺,这龙泉寺可灵验着呢。老人的神情立时变得庄严起来,滔滔不绝地讲起他小时候在龙泉寺里看到的壁画,这又引起我的极大兴趣。老人说,太可怕了,龙泉寺里的墙壁上画得都是让人心惊胆战的情景,一个人根本不敢进去。我问为什么,老人肃然的神色中又流露出惊惧,接着向我描述起来。他说,画上有人被尖锐的棍子挖出了眼珠,有人被称钩子钩起了脊背,有人被铁丝拴了舌头吊起来……

我心里一阵颤抖,被老人描绘的情景所惊吓。

　　老人接着开始自问自答，他脸上的表情极其生动，一边说还一边用手比划着。他说你道这些画是什么意思，那被称钩钩着的是做买卖不给人家够称的，那被拴了舌头吊起来的是多嘴拌口舌的，那被挖了眼珠去的是偷看人家媳妇的，现在看美女行，那过去可不兴这样的。老人最后还风趣地加了这样一句。我恍然大悟，原来，这些可怕的壁画是教育人们行好向善，同时也对神灵产生了一种敬畏。不为别的，只为佛教里劝人行善，普度众生的那份宽容与守衡。老人又向我们讲了七棵松的故事，还特别指了指身后两棵高高的铁树说，这两棵树可不一般，谁也说不上它在这里生长了多少年。我走过去，用手扎了扎它并不是多粗的树干，不知这铁树究竟为何物。老人也许是看出了我的不屑，便又补充说，他小的时候就问过八九十岁的老人，那些老人说他们小时候这两棵铁树就这么粗了。这时候，两棵不起眼的铁树才引起了我的注意。我上上下下打量着它们，像是自言自语地说，这铁树的木料一定是非常结实的了。老人像是忽然想起了什么，他说，那是当然了。他说这里其实原先是有三棵铁树的，有一棵被人杀了。老人叹口气说，那是过去的事了，那棵树可是不好杀啊，杀不倒啊，费了个好事……从老人吞吞吐吐的语气中，我料定其中定有一些他意，但再问时，老人只是说，这山，这树，灵着呢，谁还敢再破坏？

　　我久久站在那里，半天没有说话。这早已消失了的画了壁画的庙宇，这似乎有着特殊灵性的铁树，还有山前立着的几块残破的莲花座和看不清字迹的石碑，无不在诉说着一种惊心动魄的世事沧桑，暖融融的太阳光，从密匝匝的树枝缝里投下一片片斑斑驳驳的影子，世间的一切似乎在那一瞬间凝固了，我的目光抚向后面小山的石头，而此刻，忽然发现，有些石头上一闪一闪的，如满天的星斗，闪动着异样的光芒，我心里一动，脚步也不由往前挪了挪。

　　老人仰起头，看看天上的太阳说，这时间还行，到东面去看看吧，迎着阳光时，那边的石头会发出镜子一样的光，很亮很亮的。听了老人的话，我一刻也不停留，赶紧往东面奔去。

　　围着几块高大的石头，我变换着各种姿势观望着，果然，我发现那些稍稍向西南方向倾斜的傲然的石块，迎着阳光，都成了一面面镜子，放射出耀眼的光芒。我虔诚地伸出双手，一块块地抚摸着，那时刻，只觉得内心所有的杂念、浮躁，顷刻间烟消云散，全都离去。

忽然之间，我心里产生了一种想下拜的欲望，只想将自己的头颅埋进大地的掌心里，前额着地，轻轻地磕下去。这冥冥之中，如果真有佛的关照的话，此刻，我光洁的额头只想接受大地的抚摸，让佛赐予我舍弃尘世凡杂之后的空灵，虽然身在红尘，满目繁华，而一颗柔软纤细的心，只想能觅得一个寂静的别处，仅此而已，我已满足。

年年的母亲节

几乎年年的母亲节，我都会给母亲和婆婆买点礼物，买得最多的就是衣服了。有好几年了，母亲节的前夕我就在心里盘算，今年不再买衣服了，每年买的衣服她们也穿不了几次，搁在那里也不少了。很多次，母亲和婆婆都埋怨说，不要再花那份冤枉钱了，买一些也穿不了。自己想想也是，但不买衣服又买什么呢？

今年从进入4月开始，我在心里就开始盘算了，是不是买点别的礼物，或者开车拉她们出去玩玩，然后再请她们吃饭，这样岂不是也不错？盘算归盘算，总觉得时间还早，就没付诸行动。五一假期过后，我和几个女同事在办公室闲聊，才知道今年的母亲节马上就要到了。

想来想去，还是得买衣服。把这想法告诉了老公，老公说，年年买，她们如何穿得了？我说不买不行，你想想老太太们凑在一起，要是人家身上穿了儿媳妇或儿女买的衣服，唯独咱们家的老太太没有，是不是很没面子？老公笑了笑说，那倒也是。

　　母亲和婆婆的年龄只相差两岁，每年买衣服时我都买一样价格的衣服，大多时候，还特意买同一花色的，不偏谁也不向谁。这几年多是去百成汇买衣服，因为那里既能调又能退，图的就是个方便。5月4日那天下午，一到百成汇我就看中了一件黑色底带大红花朵的冰丝上衣，价格89元，摸了摸手感也不错。就这件了，我对服务员说，再找一件花色一样的。服务员找了半天，最后说一种花色只一件，只能买两种颜色的了，我略一沉吟说，好，再要那件黑色底带桃红花的吧。旁边挤了好多人，一见我买这件，就纷纷拥上来说，这件颜色有点鲜艳啊。一位三十来岁的妇女说，我婆婆六十多了，穿这件嫌嫩了吧？我哈哈一笑说，我母亲和婆婆都七十多了，不就是想让她们穿上显年轻嘛。啊！她张大嘴巴，现出非常惊讶的神情。我说，我每年都给她们买，买的都是鲜艳的，老太太穿得鲜艳才有精神气。那妇女说，那倒是不错，我也要一件！

　　回到家里，把两个包放在沙发上，没马上送，我想等到母亲节这一天再送过去。给谁哪件呢，花色不一样，也不知她们各自喜欢哪种。

　　到了母亲节那天上午，我提上两个包，准备先给婆婆把衣服送过，然后再给妈妈送。说来也巧的，我刚一出胡同到了公路上时，迎面遇到了婆婆。我赶紧把两个包递上去说，这么巧啊，正想给您送衣服呢。婆婆自然是客气一番，又埋怨了几句，嫌我多花钱。我说两件衣服一样的，就是颜色不一样，你看看想要哪件要哪件。我也是真心实意想让婆婆挑选，婆婆见我诚心，也不客气。她看了看两件衣服，最后抓起那件黑色底带大红花朵的说，这件好像老气些，我要这件吧。我笑了笑，心里说这件看上去更艳丽呢。婆婆见我笑，有点莫名其妙地望了我一眼说，怎样，这件是不是老气点？我连连说，嗯，是的，是的。

　　省了去婆婆家的路，一会儿就去了妈妈家。妈妈一见我拿了衣服，自然又数落我几句，和婆婆的话差不多少。接着，妈妈又去了卧室，把近几年我给她买的衣服全拿了出来，用事实证明她说的话正确。她指着一件件衣服说，你看，你看，这不都是你买的？最后拿起一件黑色底大红色碎花的中袖衫说，你看这件，我穿上人家都说洋气，我今天还想着要穿呢，这些衣服一年中也穿不了几次，以后不要再买了吧。我笑笑说，那明年不买上衣了，给你们买裤子。

我帮妈妈把衣服穿上,拉着她到镜子前,妈妈对着镜子照了照说,衣服很好看,就是人老了。我伏在妈妈肩上说,妈妈永远也不老。妈妈扭头笑了,说,真是个傻丫头,去沙发上歇会儿,我做饭去。

望着妈妈蹒跚着向厨房走去的身影,我心里一阵发热,眼睛禁不住湿了。

火车火车我爱你

那天,隔了好远,就闻到一阵久违的香味,我禁不住吸吸鼻子,心想:莫不是煎饼果子?

挤进厚厚的人群,嗬,果然如我所料!

来这座异乡小城一年多了,还是第一次见到家乡的煎饼果子。

来个煎饼果子,韭菜、粉丝,再加点白菜和胡萝卜! 我用家乡话喊了一声。

"老乡?!"女人抬起头,投过惊奇而兴奋的光。

我微笑着,朝她点头。

"稍等,我烙个热乎的。"说着话,女人麻利地将我要的几种菜放进哧哧响的平锅里,不停地翻弄,动作娴熟而优美。待炒成半熟,再将一张煎饼展开,把炒好的菜均匀地铺进去,卷起,反正面都烙出金黄色,一个散发着香气的煎饼果子就行了。

我接过煎饼果子,另一手赶紧掏钱,女人往前一挡说:"今天不要钱,好吃以后多来就行了。"

"那怎么行? 图个吉利也得收钱。"我又把钱推过去。

"刚摆下摊就遇到老乡,这比啥都吉利。"女人说着,笑了。

女人温柔又有点调皮的样子,也把我逗乐了。

慢慢地熟悉了,不忙时,我们就聊上几句。她说她叫麦香,家里有年迈的公婆和一个10岁的儿子。说这些时,她的眉头微微蹙着,像是想说什么,最终却什么也没说。

我说麦香,你这名字真好听。她笑笑,一丝羞涩的红晕浮在脸上。她说,庄户人家啥好听不好听的,就是个记号吧。她告诉我,她是家里的第五个闺女,娘将她生在开着花的麦田里,长到半岁爹也没正眼看她一眼,爹常常喷着酒气说,丫头片子,赔钱货,要什么名字!但宽厚慈祥的奶奶说,丫头怎么了,俺觉得怪香呢,就叫麦香吧。

麦香的买卖很好,摊子周围经常围着不少人。

有次经过麦香的摊子,看到她少有的清闲,便走了过来。麦香变戏法似的从车上掏出一个小马扎说:"快坐下,高老师。"

就在这时,一个虎背熊腰的男人边走边嚷着:"5个煎饼果子!"麦香赶紧忙活起来,一边忙活还不忘微笑着跟客人打招呼。

等麦香把5个煎饼果子递到客人手上,那人递过一张百元票子,麦香接过来,又为难地递回去,说:"大哥,这大票我找不开,下次一块付吧。"那人一愣说:"这,怎么好意思?"麦香说:"多来趟就行了。"

看那人走了。我生气地说:"麦香你赔上10块是啥意思?"

麦香扭头望着我说:"我也想多挣点,家里那哑巴儿子,体弱多病的公婆,都等着呢。"

"哑巴儿子?"我惊奇地抬起头。

就见麦香的眼里噙了泪,幽幽地说:"那100元是假票,我要收了,得赔上90……"

哦,是这样。我一时无语。

过了一会儿,麦香吞吞吐吐地说:"高老师,你,是特校老师?"

我即刻明白了她的意思,说:"是的,你儿子要来上学的话,我可以帮忙的。"

"那太好了!"麦香的泪水一下子流出来,她抹着眼泪,笑着,很开心的样子。

麦香很快把儿子送到学校了，我用手势和孩子交流了一会儿，转向麦香问道："他喜欢火车？"

麦香爱怜地摸着孩子的头说："孩子从没见过火车，但他从小就知道坐上火车能找到爸爸……"

哦，我望望孩子，心里生出一种说不清的滋味。

几天后的一个下午，办公室外一阵嘈杂，接着涌进一群孩子。领头的孩子脸急得通红，手不住地比划，其他孩子也跟着比划，嘴里发出一连串哇啦声。

原来，麦香的孩子不见了。

我马上向学校领导汇报，接着便去找麦香。麦香一听，扔下手里的活，就跟着我上了车。

我看着麦香失魂落魄的样子，心里有点自责。我说："真对不起，都怪我，没照顾好孩子。"

麦香说："高老师，怎能怪你呢，是孩子不听话，给你们添麻烦了……"

我说："这时候了，咱就不说这些了，孩子能到哪里去呢？"

"这……"麦香沉吟着。

"会不会去看火车？"我一下想起孩子第一天来时的情况。

"对，一定是去看火车了！"麦香皱着的眉头一下舒展开了。

一会儿就到了火车站，我们几个人分头去找。

这是一个小站，一天只有几班火车经过，而这个时候，省城开往北京去的列车马上就要到了。

是我最先看到了那个小小的身影，他是那么专注，那么孤独。他坐在一垅地堰上，两手托腮，静静地望着前方。

看，在那里！有人喊了一声。

我朝那人摆摆手。我们静静地站在离他不远的身后。

会儿，麦香也来了。我示意麦香过去，并嘱咐她，不要训斥孩子，火车马上就要来了，让孩子好好看看。

呜——呜——,汽笛响起,接着是哐啷哐啷的声音,火车来到了。

不远处的麦香和孩子,并肩站在一起,只见他们双手摊开,朝前一指,然后,再收回双手,贴在胸口上,一遍又一遍,反复做着这几个动作。

看着看着,我的眼睛湿了。

我伸出手,和他们一起做起来。

"这,是什么意思?"旁边的人奇怪地问。

我说:"火车,火车,我爱你!"

不想改名的孩子

二秃改名叫尚智的事在班里成了同学们的笑料,苦恼极了的二秃向老师请了假,说是头痛。

整个下午,百无聊赖的二秃坐在院子里,一会儿呆呆地望着天空,一会儿痴痴地看着娘忙碌的背影。娘没有看他,却甩给他一句话:"头疼咋不去屋里睡觉,在这里干什么?"

二秃不吭声,只是低着头撕树叶。

几片枯叶又从空中飘飘悠悠地落下来,有一片正落在二秃头上。二秃随手扯起一片,使劲撕着,然后狠狠扔在地上。都说秋天是收获的时候,二秃想不明白,爹和娘这么能干,咋就是没钱呢,本来改名的事就让同学笑话,学校又开始收学费了,姐上大学的学费都凑不足,哪还有钱给自己,再说自己学习成绩又差,这学可怎么上呢?

二秃刚改名那天,老师在讲台上一宣布,四五十个同学一齐哄堂大笑,以前班里也有同学改名,同学们就没这样笑过,为此事二秃闷闷不乐了好一阵子。就说前天数学考试的事吧，虽说老师没念成绩，但二秃这老倒数谁还不知道，周围几个男生嘿嘿笑着，摸着二秃的头，"尚智、尚智"一声声叫着，将个二秃的心叫得生疼生疼的，那声音简直像一把把利刃，刺得他心都流出了血。唉，还不就是因为家里穷又学习不好的缘故。

下午二秃就病了，让同学向老师捎了假。

"下午赶紧上学去，头疼头疼，我看你是心里有病！听见了吗，秃子，你在发什么愣？"娘结结实实地敲了几下缸，噇噇的声音猛然传来，二秃吓得一哆嗦。

秋阳高高地挂在天上，暖洋洋的，晒得人懒懒的。娘已经将十几个大缸盖都抱下来，一阵阵略腥的咸菜水味就随风在院子里溢了开来，二秃不喜欢这味，二秃微微地皱了皱鼻子。

"去上学行，但我不叫什么李尚智了，同学都笑话，我还是叫二秃。"

"你想气死我啊，你这不懂事的东西，谁笑话了，还不是你自己想的，这是花了好几十块钱找先生算的啊，人家说改这个名字你能学习好！"娘的脸气得通红通红的，一下子将手高高扬起，但随着声音落地手轻轻落在二秃头上。二秃半天没吱声，泪珠在眼窝里直打转，二秃此刻正低着头，娘看不见他眼里的泪珠。

"你和爹也改了名，可你们还不是照样没钱花，我就不明白，这名字和上学有啥关系？我还是想叫二秃……"二秃嘴里小声咕噜着。二秃心里憋屈，以前叫二秃时照样学习不好，可就没人这样笑话，就是笑话也不像现在这么厉害，如今同学笑着叫一声"尚智"，二秃心里就滴一滴血，总觉得人家的笑里带着那么多讥笑和讽刺。

"秃子啊，你啥时候才能懂事呢，你……"娘瞪起双眼又一下扬起巴掌，接着猛地蹲在了地上，娘的巴掌使劲拍在了自己腿上。落叶飘飘悠悠地落在二秃娘的身上。

二秃姐上初中时爹娘就下了岗，两人置好大棚养鸡却逢上鸡价骤然便宜，后来又遭了禽流感，折腾了几年硬是没有赚到钱，再后来开始做早点、干物流都没有好的收成。胡同里会给小孩摸魂的麻二婶子一次次劝说二秃娘改名字，说是有人改名后很快就发达了，两人商量来商量去就找人算命改了名字，孩子改名容易，只要到学校说声也就叫开了，大人还得顾个面子，便一人刻了个印章挂在腰间算正式改了名。从此二秃娘在家腌咸菜，二秃爹上城里打工，只盼望有一天能够发达。可是，天有不测风云，二秃爹得了病从此不能再做重活了。那时二秃还没上小学，还叫二秃，二秃姐学习成绩好，算命先生就说是因为二秃姐名字起得好。

"我，我头还疼……"二秃用双手抱着头低下去，一直低到双膝处。

"秃子，你字写得好，老师见了总夸你呢，娘就盼望你好好学，将来能像你姐那样。"娘不再瞪眼也不再发火，声音软了下来，眼里流露出柔和的光。娘的话让二秃心里也生出丝丝暖意，是啊，只有学校出板报时才是二秃最露脸的时候，那时候同学们一声声"二秃二秃"地叫，叫得他心花怒放，别提多高兴了。

"你们娘儿俩在聊什么啊，二秃的病好了没有？"

"老师！"二秃和二秃娘一起站起来。漂亮的女班主任老师和几位同学走进院子，将二秃围了起来。

"二秃，你看，这是获奖证书，你的钢笔书法在县里获奖了，还是一等呢！"同桌的燕子将一张红红的证书递过来。

"还有个好消息，现在政府为义务教育阶段免了书费和学费，二秃，你什么钱也不用交了！"老师显得很兴奋。

"真的？"二秃娘不相信地问。

"是真的，文件已下发了！"

"老师，我的病……"老师微笑着望着二秃，眼里满是柔和的光。

"还有，老师，我不想改名字。"二秃说。

"嗯，尚智也好，二秃也好，这并不重要，只要你努力了就是好样的。不过你现在不叫二秃还不行，尚智的名字是口头上改的，学籍档案里仍是李二秃，呵呵。"老师笑了。

二秃娘望望老师，又望望二秃，说："二秃就二秃吧。"

二秃望望娘，又望望老师，也笑了。那笑容，灿烂又明亮。

想当作家的孩子

忙碌了大半天，真有点头昏脑涨了，我双手搓搓发紧的脸，想借此来提提精神。

"高老师，这一摞你还没批呢。"身旁一位女老师将一摞试卷递过来。

我接过试卷一看，不觉大吃一惊。

真有这么巧的事？最上面一张是我儿子的，千真万确，是儿子的笔迹！我每天都翻看儿子的作业，怎么会认错呢！

我的心咚咚跳得厉害。这次是县里统考，儿子从小受作家爸爸的影响，平时很喜欢作文，他的习作多次发表和获奖，这回肯定也错不了，得个高分是理所当然的。我轻轻舒了一口气，想调节一下紧张的情绪。我先把前面基础知识看了看，做得不错，就连平时经常搞错的题也做对了，看到儿子在不断进步，愉悦顿时充溢了我的心。

翻到第二面，我开始批阅儿子的作文。一看开头，我的高兴劲顿时全消，气得差点晕过去。

他这样写道：5年前的春天，妈妈在断断续续住了几年院之后终于离开了我们，那时我还不满6岁，妈妈的去世和妈妈住院欠下的债，将我曾经高大魁梧的爸爸压垮了，爸爸随着打工的大潮走了，一去几年没回来。我和奶奶过着相依为命的生活……

"假话，全是编造的！这种状况什么时候才能改变？"我愤愤地将笔掷到桌子上。

一起阅卷的老师都停下来，惊异的目光落在我脸上，我自知失态，赶紧歉意地说："刚刚批阅时，让我想起有些学生编造作文的事，一时气愤……"

"是啊，是啊，现在假、大、空现象真是很严重的，哎，难啊！"大家随声附和着。

我努力控制着自己激越跳动的心和愤怒的情绪，总算盼到了批卷结束。

一进家门，正在看动画片的儿子骨碌坐起来，从沙发上拿起一个红红的证书说："妈，你看，我得奖了，全国的大奖！"我甩下包，将他的手猛地拨拉到一边，没好气地说："你告诉我，为什么编造作文？为什么？完全没影的事，编得天花乱坠？"

儿子瞅我一眼，接着把眼皮一耷拉说："什么啊，大惊小怪的，哪个同学的作文全写真的？"儿子说着便开始不停地按动手里的电视遥控器，电视上的节目不停地转换着，像是雷雨前紧急的电闪。我被他不屑一顾的样子激怒了，顺手将他手里的遥控器夺过来，使劲摔在沙发上。

"妈，你怎么这样？太粗暴了吧，还是老师呢，好像我犯了不可饶恕的大罪……"儿子小声嘟囔着，将遥控器又抓在手里。

我感觉自己的态度有点过分了，就深深喘一口气，尽量将心里的火往下压。儿子上学前就能自己读童话故事，还得过全市讲故事比赛的冠军，作文经常被当作范文，不管在什么样的环境里，只要捧起书就忘记了一切，儿子从小就有理想，就是长大后当一名作家。想到这些，我便耐着性子说："儿子，你的作文不错，完全有能力写好，告诉我为什么要编造呢？"

"妈，如果不是你批阅，谁会看出我是编造的？你说我的作文哪里写得不好？不感动人吗？"儿子盯着我的脸一连串地问。

"再动人也是编的，知道吗，这种写作习惯不好。"我仍然试图劝说他。

"妈，你应该看看题目啊，'做一个坚强的人'，写什么呢，我想了好一会儿，也没想出什么事例，所以就……"

"儿子，做一个坚强的人，并不一定是缺爹少妈的孩子的专利啊，生活中许多小事一样能表现出一个人的坚强啊，重要的是你要仔细观察生活好好感悟才是啊，比如爸爸妈妈不在家，你一个人度过黑暗的夜晚，比如……"我拉着儿子坐下来，耐心地向他讲解着。

儿子点着头说："妈妈，我也明白这道理，但总想仿照作文选里的文章，同学也说，那样写得又快得分也高……"

"哦，怎么会这样呢？"我抚摸着儿子的头，像是问儿子，又像是问自己。

"可是，妈妈，还有一件事，刚才我以为你会非常高兴的，现在，我知道我错了！"儿子说着又从沙发上拿起那个红红的证书递给我。

"是什么，儿子？"

"就是你在试卷上看到的那篇作文，我投到一个全国的少儿作文大赛了，得了一等奖，还邀我参加夏令营活动呢。"儿子小声说着低下头去。

"儿子，你热爱写作积极投稿这没错，但一定要多观察生活，写出自己的真情实感，相信我的儿子，将来也会像爸爸那样成为一个优秀作家的！"

"谁在背后议论我呢？"

"爸爸，我……"儿子嗫嚅着。

"这小子今天既该受奖又该受罚，你看怎么办吧？"我打断儿子的话，将手里的证书递过去。

"嗯，不错，但要想写好，却要记住一点……"

"哪一点？"儿子急切地问。

"两个字……"老公从上衣口袋里掏出笔，拉过儿子的左手，在上面写起来。写完，将儿子的手握住，对着儿子笑。

我说："合上眼，把右手给我，我也写两个字。"

儿子看看左手，又看看右手，嘿嘿一声，笑了。

我白了他们一眼，也笑了。

我捐我自己

那是一个午后，明亮的阳光透过玻璃窗，将整个病房照得很亮堂。我随摄制组的人一进门，就看见了她。和上次来看到的情形一样，她仍然静静地坐在靠窗的病床上，身子蜷曲着，头几乎低到膝盖上，我看不到她的眼睛，但从她僵硬的后背上，我却看到了她的悲伤。

听人说她来自地震重灾区，被转移到这个医院时还昏迷着。医生说，她一醒过来就开始哭闹，又喊又叫的，不吃也不喝，哭够了闹够了之后，就将自己的手机让所有在场的人看，手机屏幕上是一个漂亮的女孩，大眼睛，长头发，笑得很灿烂，那是她的女儿。

慢慢地，她不再哭闹，变得很安静，整天抱着一个玩具大象，目光呆滞地望着某一个地方，一坐就是半天，像个木头人一样，什么话也不说。

医生说她是因为受到强烈刺激，精神方面出了问题。她呆呆的样子很特别，所以上次跟随报导组来时，我便记住了她。今天再看见她。她仍然是那个样子，眼睛死死地盯着门外的什么地方，脸上任何表情也没有，那样子真有点可怕。

同病房的人们，渐渐地围在她旁边。

一位年长些的男人说："想开些吧，人死不能复生，这种天灾怎么办，谁也没办法阻止它。你看那么多人关心我们，更应该好好活下去才是，千万要想开一些啊！"

"是啊，实在想不开的话，就得学着忘记啊，一年忘不了两年，两年忘不了三年，你老这样子哪行啊！"一位和她年龄相仿的女人紧挨在她身旁，轻轻拍了拍她的肩膀。

"忘记，你能忘记吗？两年、三年，就是一千个两年三年也忘不了！"只见她猛地转过头，瞪着通红的双眼说："她才15岁，像花一样漂亮，早晨走的时候还说想吃粽子的，我包的粽子还在锅里煮着呢，我等着她回来吃啊，可是，可是……"她说着说着已经泣不成声了，胸脯一起一伏，那个玩具大象被她紧紧抱在怀里，挤得都扁了。

一阵短暂的沉默，接着是女人们的啜泣声，男人们的眼里也噙了泪水，有的便把头扭到了一边。

"总算说出来了，能说出来会好受些的。"几个女人在旁边一边抹眼泪一边劝慰着。

门外响起走路的声音。一位年轻的女教师领着几个孩子进来了，孩子们进屋后就从包里往外掏东西，东西大多是零零碎碎的，有吃的也有用的。

一个孩子一边掏一边说："阿姨，这是我们班同学用平时节省的零花钱买的，虽然东西不多，但这是我们的心意，希望您在这里住下来，养好您的身体。"

另一个孩子说："是啊，阿姨，您就把我们当成您的孩子吧，我们会经常来看望您的！"

带着孩子们一起来的老师紧紧握着她的手说："大姐，我们学校今天组织召开了捐赠动员大会，孩子们的热情非常高涨，很多孩子都争着来，最后选出几名代表过来，这位李敏同学也是从灾区来的，让她和你说几句吧。"

"阿姨，我也是从重灾区来的，和您一样，我也失去了自己的亲人，看到您这样子我真的很难受，阿姨，我希望您能够振作起来。"小女孩说着话已经泪流满面。

"你也是从灾区来了？"女人脸上满是惊异之色。

"是的，阿姨，在这次灾难中我的父母都遇难了，我自己受了轻伤，要不是叔叔们救了我，我哪还有今天啊！"小女孩说着话泪水刷刷地流了下来。

"孩子……"女人张开双臂将小女孩一把抱在怀里。

"阿姨，我刚才在学校里说，我什么也没有了，我想捐出我自己，做您的女儿，做千千万万失去了儿女的叔叔阿姨的女儿，您说行吗？"

"孩子……"女人已经泣不成声。

在场的人都被这一幕感动了,我赶紧抢拍下这些珍贵的镜头,心里也一下想出了这次采访报道的题目,那就是——"我捐我自己"。

还会比别人跑得快

那年秋天的一个清晨,父亲将一个信封塞给我,然后决绝地转过身去。望着父亲骤然离去的背影,我好想痛痛快快地大哭一场。可是我不能,这是在大学校园里,我只能呆呆地站在秋风里,看着几片黄叶打着旋儿落下来,父亲的背影在飘零的黄叶里变得越来越模糊,最终隐没在那道美丽的霞光里。

我拖着沉重的脚步回到六楼宿舍,把信封随手一扔,就趴在阳台上。阳光充足,照在身上感觉暖暖的,远处是蓝的天白的云,世界真是美妙极了,但我的心情却糟糕透了。

跳下去吧,我只要轻轻抬起脚从窗口迈过,一切烦恼和痛苦便会烟消云散,不是有两个大四的学生就跳下去了吗,迈过了这道坎从此便一了百了,我仿佛听到了天堂里的小鸟在啾啾鸣叫。

可是,不久前那让人揪心的一幕又浮现在眼前,我想起死者的父母趴在孩子摔死的地方,哭得死去活来,谁也拉不起来,那情景将在场的人的心撕扯成了碎片。如果自己也这样去了,母亲还能活下去吗,一想到母亲,许多往事就一股脑儿地涌上心头,我的眼泪也刷地流了下来。

我抹了一把脸上的泪,感觉左脸还在隐隐作痛。父亲出手很重,昨天晚上那两个耳光打在脸上时,火辣辣地疼,当时我眼前一阵发黑差点栽倒,眼镜也被父亲打飞到了墙角。从没见到父亲发过这样的怒,我后悔极了。

　　我从小是个学习好也知道节俭的孩子，从塞外小城考上北京的重点大学，父母是何等的自豪和荣耀啊，假期回去父亲巴不得人家问一句，他便炫耀一番："我儿在北京上大学，北京好啊！"那样子好像北京是他儿子的，弄得我也很不好意思。但自从进了大学门，我就玩上了网络游戏，也痛恨自己没志气，也心疼父母的血汗钱，玩过之后就后悔就骂自己，骂完了又忍不住再玩，就这样在大三开学时，我已经有多门功课不及格了，学校通知了家里。

　　活了四十多年的父亲是第一次进京，但他却没有心思看日夜向往的长城、故宫，父亲恳求学校别让我降级，就差没有跪下来了。当浑浊的泪珠从父亲深陷的眼窝里大滴大滴流出时，站在一旁的我将头深深地埋了下去。

　　晚上，父亲将全部的怒火聚集在那两个耳光上，又将那两个耳光捆在我的脸上。父亲说："做人要有良心吧，我和你妈费了多少事你应该知道，可是，没想到你……"父亲大口地喘着气，说不成句了。

　　我想起初中时父母轮流看足球比赛的事，因为那时我酷爱足球又没时间看，妈妈有时便把进球时间和球员名字记下来，一回到家就翻着本子让我看。想起高中时父母天天送饭的事，想起上大学后妈妈竟然学着听周杰伦和孙燕姿，我还笑妈妈是老追星族，妈妈说："我儿喜欢呀，我想和儿子多有些共同语言呢！"这就是我的妈妈，如今远在家乡的妈妈心里该有多痛苦啊，自己真是该死啊！我挥起拳头捶打着自己，呜呜地哭出声来。

　　哭够了，才想起随意扔下的那个信封。信封没封口，我轻轻抽出里面的一张纸，是妈妈写的一封信："孩子，我不想多说什么，只把周杰伦这首歌词抄下来给你，相信你会明白妈妈的心。"

　　我读着读着又抽泣起来，泪水一滴滴落在纸上，模糊了最后的两句话："孩子，相信你还会比别人跑得快，还会比别人飞得高！"这两句话是根据歌词改编的，可见妈妈的用心良苦啊，那时刻我心里像打翻了五味瓶，不知道是啥滋味。"听妈妈的话，别让她伤心……"这歌我不知听过唱过多少遍，却从没像今天理解得这样清楚透彻。我明白了妈妈的心，我要打起精神，从此绝不再消沉。

　　又是一个秋天了，黄叶在校园里飘过，我已经是北京一所名牌大学的研究生了。站在校园里,望着天边嫣红的夕阳,我又想起几年前那个霞光满天的清晨,想起在那飘着黄叶的风中,父亲踉跄的脚步和决然离去的背影,还有那封渗透着妈妈多少无奈又多少疼爱的信。

那首熟悉的歌油然飘上心头:长大以后我才明白,为什么我会比别人飞得高,比别人跑得快……

红 裙 子

"爸爸,这次你说话可要算话,一会儿就去买裙子,我要大红色的,最好看的!"5岁的女儿玲子,歪着小脑袋,一双小手在胸前比量着,她清脆、悦耳的声音像一串串银铃,在公园里回响,冷寂空阔的公园里顿时增添了一份热闹和温暖。

"好,好,好,大红色的,最漂亮的!"他望着女儿那双忽闪的大眼睛,不住地点头,脸上漾满了笑意。

"好几次了,爸爸说话没算数!"女儿白了他一眼,嘴唇撅得老高。

"宝贝,爸爸有工作要做啊,我们的玲子可是懂事的孩子啊!"她边说着边刮了一下女儿的小鼻子:"看,小嘴巴撅得能拴上一头驴了!"

"这回说话一定算数,给我们的玲子买最漂亮的红裙子!"他走到女儿跟前,轻轻抚摸着女儿的头说。

"啊——,买红裙子啦,买红裙子啦!"玲子展开双臂,向前跑去,碎花的小衫被风鼓起来,像一只扇着翅膀的花蝴蝶。

"看孩子高兴的,我以后一定尽量抽时间陪你们!"他正了正军帽,眼望着妻子,一张英俊的国字脸上,挂着一丝歉意的微笑。

"咳,说这些做什么,谁让我们是军人呢,我这个做妈的也照顾她太少了,那天孩子说的话让我震动很大。说真的,不管多忙,咱也应该多抽时间陪陪孩子。"她说着话将头低了下去。

他拍拍妻子的肩膀,点了点头。

那天,他和妻子是一前一后回家的,已经几天不见女儿了,他们围着女儿不住地问这问那,5岁的女儿坐在沙发上摆弄着一个绿底黄花的小书包,这是他和妻子每次出发时给女儿装生活用品的。这时,女儿突然停下手里的动作,问道:"妈妈,我是不是很可怜?"

她愣了一下:"哦,怎么会呢,爸爸妈妈都爱玲子,玲子怎么会可怜呀?"

"王叔叔还有好几个阿姨都这么说,每次他们看见我背着小包在路上走,就会这么说的。"女儿没有笑,脸上现出大人才有的严肃表情。

"哦……"她脸上的笑意顿时全消,一把将女儿搂过来,轻轻拍着她的肩,一时什么也说不出来。

孩子生下来6个月就送回老家让姥姥带,夫妻俩很少回去,直到女儿长到3岁时还不认爸爸妈妈。他们觉得这样不行,便把女儿接了过来,孩子刚来时总是哭着嚷着要回家。每当这时候,夫妻俩总是你看看我我看看你,心里酸酸的。慢慢地,孩子总算认他们也认这个家了,可夫妻俩常常得执行任务,每到这时,他们就给孩子背上小花包,装上生活用品住到老师、同学或者朋友家里。所以,好多人一看到玲子背了小花包,就喜欢和她开玩笑。

"妈妈,老师和小朋友今天给我过生日了,你看这是他们的礼物。"孩子说着开始掏书包。

"玲子,你看妈妈忙的,连你的生日都忘了,真对不起啊!"她看着玲子摆弄出的小玩意儿,泪刷地流了下来。

坐在一旁的他眼睛也一阵潮湿:"玲子,星期天爸爸有空,给你买条漂亮的红裙子,补上生日礼物好吗?"

"好啊,爸爸说话可要算数!"女儿高兴地跳起来,揽住他的脖子。

几次向女儿许愿都没有实现,这次一定不能再让女儿失望了。他心里这样想着,便觉释然。

"快来人啊,不好了,有人跳水了!"忽然,一阵急促的呼喊声从不远处的湖边传来,他说:"我去看看!"便飞也似的向着喊声传来的地方奔去。

没来得及脱下衣服他便跳了下去,时间一分一秒地过去,人越聚越多,大家都屏住呼吸,不敢说话,空气紧张极了。

终于,水面上露出一个女孩湿漉漉的头颅,人们都长长地出了一口气。但很快的,那女孩的头又落进了水里,空气立时又紧张起来,好多人都着急地问:"怎么办?怎么办?"

"不会有事的,不会有事的……"妻子说这话不知是安慰大家,还是安慰自己,大家都听出来,她的声音颤抖得厉害。

"爸爸,你快点啊,我们还要去买红裙子呢!"女儿的哭喊声让所有在场的人泪如雨下。

"快,大家帮忙,上来了,上来了……"人们叫喊着,一齐将手伸向水面。

女孩终于得救了,大家急切地望着水面,时间一分一秒地过去了,却一直没看见他上来。等到救援人员将他打捞上来时,他的躯体已经僵硬了。

送殡的队伍很长,从湖边一直排到郊外的小山上。

人群渐渐散去,站在墓碑前的玲子身边,堆起一垛红色的裙子。

进　城

　　"哎，快来看，电视上说明天是父亲节呢，咱们也学学城里人给爹过节吧？"狗剩斜倚在面包样的沙发里，一手拿着根烟敲打着沙发扶手，另一只手握着电视遥控器，一副很惬意的样子。

　　"亏你想得出，乡下人过什么父亲节，那是洋节，城里人才过，咱庄户人哪来这么多事儿？"狗剩媳妇白了狗剩一眼，继续出出进进收拾东西。

　　狗剩爹和狗剩岳父都已七十开外。狗剩娘死得早，留下狗剩和三个姐姐，孩子多家里日子过得很苦，狗剩爹一人拉扯着四个孩子，一直也没再成上个家，孩子们慢慢长大成家后，狗剩爹的年纪也大了，更不好再找个人了，就一直孤身。狗剩媳妇的娘前年秋天也突然离开了人世，留下狗剩岳父一个人好不孤单，狗剩两个小舅子都不孝顺，很少问问他爹怎样。狗剩这几年跑运输，手里有了几个钱，狗剩人实诚善良，几次想把两个老人都接到自己家里，但老人死活也不肯，说是自己自由惯了，不到爬不动不想给孩子添麻烦，没办法只好依了他们。

　　"咱们日子好过了，一头一个老爹，都辛苦了一辈子，这么大年纪了也没进过几次城，现在这村村通的大路到了咱家门口了，很方便，明天正好星期天，咱带上孩子一起上城逛一逛，也算给两个老爹过节了，你说呢？"

　　"那也好，正该添夏天衣裳了，人家钢子上星期带全家人进城了，钢子媳妇买的连衣裙真漂亮，腰卡不在腰那里却紧靠在胸下，说那是现今最时兴的韩版服装，肩膀头披的那个网眼衫呀，嘿嘿，也就巴掌来长，蚂蚱鞍子样，那才真叫洋气呢！"狗剩媳妇手里挥动着正洗着的衣服，眉飞色舞，水珠不断抡到狗剩脸上。

"明天你也去买那样的连衣裙,不过,就是你这大粗腿和大屁股,嘿嘿……"狗剩用手抹了一把脸上的水,冷不防又拧了一下老婆的屁股。"哎哟,你个死玩意儿!"狗剩媳妇抡起手里的湿衣服砸在狗剩背上。

城里的阳光好像格外明亮,车辆、人流如穿梭一样,到处都亮堂堂的闪动着金光。两个老汉你拉我拽地往前走,脑袋像拨浪鼓一样观望着街道上的美景,古铜色的脸上皱纹绽放成花朵样。逛完了公园又逛广场,老头儿乐颠颠像小孩子一样。"爷爷,姥爷,我们逛超市去!"儿子跟随狗剩来过好多次,最喜欢超市里的大型玩具。

"呀,这么多好东西啊!"两个老头惊奇地张大了嘴巴瞪大了眼睛。

"给,一人一个筐子,看中什么拿什么,今天给你们过节,过了今天可就没有了,呵呵。"狗剩媳妇看看狗剩,两个人一起笑起来。

"亲家,快,咱们赶快拿呀,你看人家还有推小车的,这么多好东西!""真好,想拿什么就拿什么,还是城里好,咱乡下可不会有这种好事?"两个人你一言我一语,不住地往筐子里拿东西。

"是啊,爷爷,姥爷,你们尽管拿吧,嘿嘿,过会儿让我爸爸埋单!""什么?小孩子尽说些我们听不懂的话。"很显然,"埋单"他们不知道啥意思。狗剩向儿子摆摆手,狗剩媳妇在一旁偷偷地乐。

一家人都兴奋得不得了,两个老头更是忙得什么似的,不一会儿筐子就快满了,有用的,也有吃的。他们吃力地挎着大筐子,但看到有自己喜欢的东西仍然拿过来。"差不多了吧,请你们吃饭去吧!"狗剩招呼着全家人向出口走去。

"啊,还得支钱啊?!""不要了,不要了,我还以为……"出口处,看到人们有秩序地排队付款时,两个老头把筐子放在地上,使劲挤出人群一溜烟似的跑了出去。"哈哈哈哈……"身后人群里传出一阵哄笑声。

一会儿工夫,就来到了广场附近的大酒店,迎宾小姐早早地打开了门。"自助餐吧。"狗剩把手一摆,很绅士的样子,一家人呼啦啦地跟了上来。"三楼,我们坐电梯吧。"

"狗剩摁下上楼键后,电梯门马上打开了,一家人进去后狗剩又是一摁,门

自然关上了，电梯开始向上启动了，狗剩爹伸头看看门口旁的壁上，好多个红色数字一闪闪的，忽然狗剩爹身子向后一个趔趄："哎呀，这吃什么餐还得过秤称称啊！""呵呵，我还以为这四四方方的铁筒子是什么呢，原来是个大磅秤啊！"狗剩岳父身子向后一靠，摸了摸自己光滑滑的脑门，恍然大悟的样子。

"哈哈哈哈……"

"哈哈哈哈……"

狗剩笑得弯下了腰，媳妇眼泪都流出来了，儿子两手捂着肚子朝着爷爷和姥爷身上乱撞："爷爷，姥爷，你们俩可真逗啊，真正的幽默啊，笑死了，哈哈哈哈！"

"笑什么呀，你们？"

"哈哈哈哈，吃完了饭，还得再来称一称呢，看看沉了多少！"狗剩媳妇说着话又和儿子笑作了一团。

"哈哈，称就称！"两个老头你看看我，我看看你，也笑了起来。

第五辑／**轻风吹过风铃花**

送您一支歌

马上要轮到我上台了，我感觉到，心咚咚跳得厉害。

我低头对身旁的女儿说："妈妈有点紧张呢！"女儿装出大人的样子说："没事的，妈妈，来几个深呼吸就行了，我上台前就是这样的，到了台上就不紧张了。"

我斜她一眼说："小机灵鬼，听你的，我试试。"

我深吸一口气，然后再吐出。

"坏了，玲玲……"这时，我忽然想起，因为走得急，演讲稿忘在家里了。我着急地说："稿子忘带了，咋办？"

"啊，真的？"女儿也大吃一惊，但她随即就镇静下来，没事人一样。"妈妈，你都背得滚瓜烂熟了，怕什么呢，不会出事的！"女儿的声音细脆而稚嫩，却让我感到了一种力量。

"下一个演讲的是杨晓雪！"听到主持人报出我的名字，我两手放在一起搓了搓，赶紧起身。

"妈妈，别怕，一定会成功的！"女儿攥攥我的手，仰起小脸，扇动着微微翘起的嘴唇，目光里满含期待。我点点头，走向台去。

今天是周六，女儿早早做完作业特地来看我们单位的演讲比赛，因为我参加演讲，女儿显得特别兴奋。女儿从小就喜欢上台表演，在学校里是文艺明星呢，为了我参赛的事女儿没少忙活，帮我选了一件白色上衣，下配黑白方格的长裙，女儿把我打扮好歪着头瞅了半天，说："老妈，你看上去也就二十几岁的样子，很淑女哟！"接着又把自己打扮起来，粉色的带蕾丝花边的连衣裙，太漂亮了，我也学她的样子歪了头说："嗯，是月宫里的兔子变的吧，简直是个小仙女哟，呵呵！"我们娘儿俩笑着抱成一团。

进大厅时，大家的眼睛里闪动着一道道亮光，齐刷刷地投到我们身上，我偷偷瞧一眼，女儿紧紧抿着嘴，使劲不让自己笑出来，我心里也乐开了花。

找个空闲位子坐下，女儿附在我耳边，小声说："妈妈，您准能行，拿一等奖没问题，你看，他们都没你漂亮。"

这鬼丫头，装腔作势的样子让我觉得好笑，我轻轻刮一下她的鼻子说："你个鬼精灵，这是演讲比赛啊，得说得好才行啊，也不是来比衣服比长相的。"其实，我也不是很紧张，在家准备得很充分了，这回准能在女儿面前露脸，想到这里，一丝微笑挂在我脸上。

"老妈，您就别谦虚了，今晚您得了奖非得让爸爸请客不行。在家时我们试了多少次了，您朗诵得又熟练语气表情又好，今晚爸不破费不行了！"我笑笑也附在女儿耳边说："就知道吃！但愿我能获奖，起码也要对得起我宝贝女儿下的这番工夫吧，呵呵！"我抚摸着女儿光滑的头发，心里不由一阵发热，为了这次演讲比赛，女儿每天做完作业都主动给我看着稿子，让我面对着她试讲，要不就面对着镜子试讲，有时被她折腾烦了，就想吼她，她总是嬉皮笑脸地说："我每次参加表演你不都是这样折腾我的，这就叫以其人之道还治其人之身，呵呵！"真拿这丫头没办法，只好任由她摆布。

一上台，热烈的掌声便响起来，我两手自然轻握，贴在小腹左下方，头微微朝左歪，挺胸，扩肩，摆出在家练习过无数次的姿态。接着，我听到了自己清脆圆润的声音，如行云流水般通过话筒传向四方，我看见，台下的女儿眼睛里放射出一种异彩，我的心微微醉了。

我尽量控制着自己的兴奋，盼望着胜利时刻的到来。就在剩下一小部分的时候，忽然间，我脑子里成了一片空白，我张着嘴，什么也想不起来，这样子过了一小会儿，我感到尴尬极了，赶紧低下头去。我恨不得地上有条缝能钻进去，脸一阵阵火辣辣的，直烧得浑身热燥燥的，白色的真丝上衣紧紧贴到了后背上。

太丢人了，我不敢往台下望，准备了这么长时间，本想在女儿面前挣些光彩，结果成了这样子，我心情沮丧到了极点，泪水在眼窝里直打转，我低了头迈开脚步，往台下走。

"妈妈，您等等，我和您一起讲！"就在这时，女儿像一只粉色的蝴蝶飞到了台上。

女儿伸过小手，拉了我，我们的手紧握在一起。

女儿开了头，下面的句子我立时想起来了，当我和女儿把最后一部分完成时，大厅里，响起了前所未有的掌声，我流着泪，使劲地向台下挥舞着双手。

我得了特别奖，领奖时，我和女儿都上了台，我想说点儿什么，却不知从何说起。

而这时，我的女儿，又勇敢地跨出一步，向着台下大声说："今天，我太高兴了，我想唱一首歌，送给大家，也送给我亲爱的妈妈……"

台下，又响起一阵雷鸣般的掌声……

多想，像小鸟一样

娟子和二秃同桌，坐在教室的最后排。学习成绩差的同学就坐后排，顺子说他们班也这样。娟子和二秃有时也想，上学上了一年多，怎么总坐后排上，别的同学都调过位，可二秃和娟子就没变过，一直在老位置上。这想法只是一闪念，他们不敢说出来，谁让自己学习不好呢，其实坐在后面有坐在后面的好，老师讲课时脑子可以开个小差，可以偷偷想些别的事。

一向顽皮的二秃今天显得很安静，一坐下就没完没了地摆弄几样学习用具，一遍遍地摆，齐整整的放那里。嫣然的霞光从敞开的门窗一股脑儿地涌进来，整个教室里非常亮堂，最后排的娟子和二秃也能沐浴在嫣然的霞光里，娟子觉得沐浴在朝霞里的二秃很漂亮。

二秃削好的五支长长的铅笔摆在桌子上，"二秃，你怎么准备了这么多铅笔？"二秃说："我写字使劲大，容易弄断，正考着试再削铅笔会耽误工夫。""二秃，你说这次我们真能坐在教室里考试？""是的，四年级的钢子昨天才说的，钢子有亲戚在城里，钢子亲戚说学习再差的学生也得让他在教室里考试。"二秃的眼睛里立即就现出一股以前没有过的亮光，娟子感觉二秃眼里的光就像一束呼呼燃烧的火苗一样。

"李二秃，张娟，快收拾一下，把桌子靠到墙角去，你们两人跟我来！"胖胖的班主任语文老师一进教室就朝着二秃和娟子走来，后面紧紧跟随的是年轻漂亮的数学老师。

"赶紧点，带上你们的学习用具。"二秃和娟子张了张嘴，慢慢站起来跟在老师后头。这时教室里传出几声"嗤嗤"的笑声，娟子瞥了一眼二秃，脸微微地红了。二秃冷冷地向四周扫了一眼，狠狠地瞪了瞪北墙边的捂着嘴笑的二蛋子。

语文老师家离他们的教室不远，只隔了两排房子，一会儿工夫就到了。语文老师家的小南屋不算大，但整齐洁净，娟子和二秃对这里并不陌生，上一年级时两次期末他俩也是在这里考的试，做的都是过去做过的卷子纸。二秃从桌子上抓起一个西红柿使劲一咬，汁水扑地一下就溅了个满脸，二秃用手一抹："娟子，你也吃，咱都给她吃光。"，说着话又用铅笔在旧试卷上狠狠地划了两道斜杠杠。

"娟子，快看，小鸟！"二秃飞快地奔向院子里，一只黄绿色的小鸟立在墙头上，无力地叫着，二秃感觉它的眼神有点哀伤，"小鸟可能是找不到妈妈了吧，娟子，我们赶快喂喂它吧！"说着话二秃就将手里的西红柿撕了，一点点地放在地上，然后悄悄地退到一边静静地观看。开始，小鸟只是低低地叫，并不靠前，但一会儿就慢慢地落了下来，一边啄食地上的西红柿，一边抬眼看旁边的二秃和娟子，二秃笑了，娟子也笑了，他们眼里都流露出一抹温柔的光。一会儿二秃又悄悄后退，将西红柿撕了放在屋里的地上，小鸟也跟着进了屋，二秃和娟子就一下了把门关上。

"二秃，你真厉害！"娟子的两只大眼睛闪闪发光，一副非常羡慕的模样。

“那当然，我从小就看着爷爷养鸟呢。”二秃用手抚摸着小鸟黄黄的羽毛，脸上充满了自信。

“娟子，快坐好！”二秃嗖地就坐在了小板凳上，将小鸟一下子塞进了袖子。随着“哐啷”一声门响，胖胖的班主任老师和漂亮的数学老师已经站在了他们面前。

“你俩也交卷吧，做完了吗？”漂亮的数学老师脸上满是暖暖笑意，将两张数学试卷拿了过去。

“李二秃，你搞什么鬼？袖子里藏了什么？”班主任老师向二秃投去严厉的目光。身材胖胖的班主任老师行动起来不是很灵巧，但眼睛总是那样尖。上语文课时娟子从不敢做小动作，语文老师严厉的目光又投向了娟子，娟子赶紧将头低了下去。

当二秃将那只小鸟呈现在桌子上时，两位老师都伸出了温柔的手：“啊，它是这样小，我告诉过你们，要爱护大自然，要保护环境，赶快将小鸟放回大自然，让它们回到妈妈身边，自由自在地生活吧，这就是用实际行动保护大自然啊。”语文老师深情温柔的声音一直响在二秃的耳边，二秃终于将小鸟轻轻放在院里的地上。

“你们回去吧，明天就知道考试成绩了，在哪里考试都一样，你们回家可不能胡说。”语文老师严厉的目光又落在二秃和娟子的脸上。

二秃和娟子跟在数学老师身后，向大门外走去。

“扑啦啦……”小鸟一下子从地上飞了起来，飞向高远的天空。

要是能像小鸟一样自由自在地飞翔，那该多好啊，二秃和娟子抬头望着，小鸟越飞越高，渐渐变成一个小黑点，最后不见了。

废 墟 之 下

她眼里又现出哀求的神色，声音软软的，从布满尘土的缝隙里传了过来："丽丽，给我一口，就一口行吗？"一丝阳光从废墟的缝隙里斜斜地射进来，这个狭小的空间有了点亮光，丽丽和晓晓也相互看清了对方的脸。

"不行，再坚持一下，等到黄昏要再没人来救我们，就给你一点儿吃，咱俩现在只剩这半块馒头了，吃完了再不来人怎么办？"丽丽伸出右手摸了摸晓晓的左手。

她们离得不远，在一个楼板和石块堆积的狭小空间里，相互能摸到对方的手，可是，两人的下肢都被楼板石块挤压着，一点动弹不得。

"也许我们埋得太深了，救援的人找不到，真渴，饿……"晓晓低低的声音又传过来，丽丽的心又是一紧。

"晓晓，再坚持一下，也许一会儿就有人救我们，这里还有半个本子，再撕两页给你，吃下去吧。"几天来，这是她们能找到的唯一食物。

丽丽把手摸过去。可是，丽丽这次摸到的是一只冰凉的手，她把纸递过去时，那只冰凉的手只是稍微动了动，却不能把纸攥起来，更不用说吃进嘴里了。

"晓晓，千万不能睡啊，晓晓，说话啊！"丽丽急得要哭出声了。

"我饿，我渴……"晓晓的声音游丝一般。

"晓晓，说点儿有趣的事给你听吧，还记得语文老师第一次上课时的情景吗？"

"嗯，记得，上的作文课……"晓晓游丝一般的声音飘过来。

那时候的丽丽不爱说话，躲在靠墙角的角落里，做什么事也是默默的。新来的语文老师真奇怪,一上课就找班里最胆小的孩子,同学们自然都点出了丽丽的名字。尽管老师那么和蔼,可丽丽还是紧张坏了。

"老师领你上讲台时,我真为你捏了一把汗呢,怕你不上去,可你最终还是上去了,还回答了老师的问题。"显然,丽丽的话引起了晓晓的兴趣。

丽丽记得很清楚,老师的手一直揽着她的肩膀,老师一边走一边小声地对她说:其他同学都是在台下回答问题,丽丽你跟我到台上回答吧,我不相信你是个胆小的孩子。老师的身体是那样温暖,丽丽就紧紧靠在老师身边,慢慢向讲台走去。

"那节课,老师始终在关注我,发现一点点闪光的地方,就真诚地夸赞,说我是一个勇敢的孩子了,你不知道,我心里有多高兴!"丽丽说到这里,似乎又沉浸到欢乐之中。

天色渐渐暗下来,夜晚又来临了。丽丽掐指算了算,这是他们在废墟下的第三个夜晚了。白天还好,能看见一点微弱的亮光,就怕夜晚,无边的黑暗太恐惧了,让人心里发毛。

忽然,有哗哗的声音,是下雨了,两人有点兴奋,但沮丧又很快席卷过来。被罩在这片无边的废墟里,再大的雨水也到不了身边啊。忽然,丽丽想到了不远处那条能射进阳光的缝隙,她艰难地坐了起来。太好了,果然,雨水从缝隙里滴答下来,丽丽使劲伸手,把上衣放在落雨的地方,慢慢地衣服透了,她便递过去让晓晓咂一咂。

"丽丽,你咋有这么多办法?"晓晓润过口后,精神好像强了不少。

"老师讲过地震常识,平时也多留些意不就知道了。"丽丽淡淡地说。

又一缕阳光射进缝隙时,她们又迎来了一个早晨。晓晓已说不成完整的话了,只是断断续续地重复着一句:"给我一口,就吃一口……"

"晓晓,再挺一挺,我们已经吃掉了一半馒头,如果再吃完这一半,又得不到救援,那咋办?"丽丽说着说着哽咽了。

"啊呀,这里,还有生命,有生命……"外面有一些声音传来。

"晓晓,快听,救援的人来了!"丽丽的声音微弱,却掩饰不住的兴奋。

声音越来越大，越来越嘈杂，中午时分，她们旁边有了一个小洞口，有人给她们递进来了饮料。

"我们终于有救了！"丽丽长出了一口气。

当两人被救出的时候，晓晓还没忘那半块馒头："这回可以给我一口吃了吧？"一边说一边伸出手。

"咳，其实，就只有一块馒头，是我中午吃剩的，我们早已经吃下去了。"

"那你这塑料袋里的呢？"

"你看，就是一小块砖头。"

"啊，怎么会是这样？"在场的人都惊呆了。

丽丽说："要是不这样，我怕晓晓会坚持不下去，没有了晓晓，我也可能坚持不了。我想起老师讲过的一个故事，一群人在沙漠里迷了路，只有一个人脖子上还挂着个水壶，沉甸甸的水壶带给他们无限的希望，终于引领他们找到绿洲。可那时，他们看到水壶中倒出的全是沙子。于是，我就想了这方法。"

晓晓哭了，如果不是那堂课，如果不是遇到一位那样的老师，也许丽丽永远是一个最胆小的孩子。她把"馒头"紧紧抱在怀里，回头看看那片无边的废墟，真得好可怕。

凤 凰 山

飘泼般的大雨从天空浇下来时，年轻俊俏的颜氏瞬间就成了落汤鸡，肩膀上的担子越来越沉，一对尖底的大箬桶拽着扁担生生地割进肉里。这前不搭村后不靠店的，可怎么办呢，要是能在这大雨里放下担子歇息一下也好啊！可是，婆婆特制的尖底箬桶是不能放下的，一放到地上，水即刻就会往四下里流。

颜氏咬了咬牙，两只手使劲握在肩膀前的扁担上，艰难地走着。路上变得越来越泥泞，颜氏单薄瘦弱的身子在风雨中摇摆不定。大雨点子连成水片直往身上打，脸上一阵阵火辣辣的，她的泪水掺在雨水里顺着面颊往下流。

从石马村到马尾巴山要翻过几道山岭，路不好走。自前年从青州府嫁到这马尾巴山下一郭姓人家，颜氏没过上一天舒心日子。那时在这一带流传着这样一句话："寅时娶进颜家女，卯时死了郭家郎。"这颜家女说的就是挑水的颜氏。婆婆对这个儿媳妇很是怨恨，为给儿子冲喜提前将她娶进门，不料想冲喜不成儿子转眼间却没了性命，婆婆便将怒气全发在了颜氏身上，成天指桑骂槐诅咒个不停。这马尾巴山周围到处绿树红花风景优美，但是没有甜水，吃甜水就要到石马岭那边的石马村挑，每天挑甜水自然是儿媳颜氏的事，婆婆特制了两个尖底的大笤桶，为的是不让颜氏在路上歇息偷懒。

三伏天的雨来得快去得也快，大雨过后火辣辣的太阳又出来了，不一会儿颜氏身上就大汗淋漓。刚才遭遇一阵风雨，颜氏早就被折腾得没了气力，脚底下轻飘飘的，腿软得直打战，这阵子热浪又一股脑儿地扑了来，颜氏望望前面的石马岭，不觉长叹一声："这苦日子何时是头啊！"想想回家后还要照看小姑为公婆赶着做鞋袜，家中做饭收拾等事婆婆从来就不管不问，两年了婆婆几乎没到锅屋里去过。想想这些，颜氏不觉悲从中来，又落下泪来。

"看你累得汗包露水的，快放下担子歇歇吧！"颜氏抬头一看，一位仙风道骨的老者骑在一匹雪白的马上正向她打招呼。

"不行，我挑的是尖底笤，不能放啊。"颜氏用右手抹了一把贴在脸上的头发，向老者微微笑了笑，继续往前走。

"这好说。"只见老者挥动手中马鞭，往颜氏脚下的青石板上一指，即刻，两只笤桶下的青石板上就出现了两个窝落，不大不小，不深不浅，正好放进两个尖底笤，颜氏喜欢得连声道谢。

从此以后，颜氏每走到这石马岭上，都可以放下笤桶歇息一下了。这一天，颜氏刚刚放下笤桶，一抬头又看到了那位仙风道骨的老者，老者说："你把笤桶里的水给我饮饮马行不？"颜氏连忙答应说："行，用前面的饮吧，等回家后我喝这桶,后面的留给公婆他们喝。"

饮完了马,老者说:"你真善良,这样吧,我送你一根马鞭,回去后放到缸里,每天将马鞭往缸边一提,你就不用再挑水了,但一定要记住,千万别提出缸来啊!"话刚说完,一阵风过,老者和白马都不见了。

颜氏不再翻山越岭去挑水了,心里高兴极了,自然比从前清闲了许多。时间长了婆婆感到又气愤又疑惑,一心想弄个明白。有一天,婆婆趁颜氏不在家,悄悄找到了锅屋,颜氏的秘密立时就暴露无遗,婆婆怒火中烧,三步并作两步一下将马鞭提出水缸扔到一边,只听得"轰隆"一声巨响,一股一搂多粗的水柱从缸里喷涌而出,翻着滚滚的浪头冲向了院子。

正在马尾巴山上干活的颜氏,听到这一声惊天动地的响声,知道出了事,她抬头一看,哎呀,凤凰山前成了汪洋一片。她急急地往家里跑去,只见公公、婆婆、小姑都在水里蹚哟,颜氏一手拉起婆婆,一手拽着公公,用脚挑起小姑,一下子坐在喷涌着水柱的缸上。说也奇怪,如柱的水流立时就消了,缸和马鞭子也不见了。

更奇怪的是,在她坐过的地方,一只美丽的凤凰扑啦啦飞向天空,地上冒出一股甘甜的泉水,哗哗地长年淌个不完,竟然流成一条清清洌洌的小河。

从此,这马尾巴山便有了一个好听的名字——凤凰山。

轻风吹过风铃花

我家的窗檐下，挂着一串淡紫色的风铃花，每当轻风吹过，铃声叮叮当当地响起，清脆悦耳，就像是唱着一支动听的乐曲。

平时收拾家里的卫生时，我总喜欢将它摘下来，仔细地擦拭好它的每一片花瓣和一根根透亮的丝绳，然后再小心地挂上，好多次儿子找来一个个漂亮的饰物要换上，我都没有同意，因为这串风铃花在我心里有着非同一般的意义，这是老公送给我的唯一有着浪漫色彩的礼物。

多年来，每到我的生日或者情人节时，心里总生出一种渴望，渴望着也能像其他女人一样，在这个自认为不平常的日子里收到一份表达爱的礼物。可是，不管我怎么盼望，老公就是那么不解风情，在送过的有限的礼物当中，除了一个小小的闹钟外，竟然还送过一把伞！咳，钟与"终"谐音，伞与"散"谐音，多么不吉利啊！一想起来就觉得扫兴。为什么就不明白女人的心呢，送件自己喜欢的小东西，比如头饰啊丝巾啊小包啊什么的多好，可是，自己心里再怎么想也没用。到后来，人家干脆什么也不送了。

好多个在我看来值得庆贺的节日来了又去，可是，不管我怎么暗示，或者是不顾及自尊直截了当地提示，却终究是无济于事，老公就像个木头疙瘩一样怎么点化也不开窍，始终也没有发现一点点浪漫的痕迹。看来实在是挖掘不出他的浪漫潜力了，便只好劝自己面对现实，不要刻意追求那些虚幻的东西了。

有一年的夏季，我生病住院了，从医院到我家的路不近，那些日子，老公一天就要跑好几个来回趟，算起来足有几十里的路，每一次给我送饭时都是满头大汗气喘吁吁。我劝他说别送了，医院食堂的饭菜也不错，再说了，你还得侍候孩子上学，我在这里买点吃就行了，何苦那么费事？老公听了我的话，向我摆手说，不费事，不费事，我一会儿就来了。我知道拗不过他，就只好作罢。

那是一个雷雨交加的傍晚，看看表已经到了往常送饭的时间了，可是，这样的天气，他可怎么来呢？我斜倚在病床上，望着窗外猛烈的闪电和瓢泼似的大雨开始替他担心。不行，不能让他来了！我抓起床头的电话想给他打电话，可正在这时，病房的门响了，一个落汤鸡一样的人进来了，啊，是老公！他脱下雨衣挂在门上，可身上的衣服还是湿了大半，头发上脸上全是水。他将怀抱着的两个湿淋淋的塑料包放到我面前，一包是给我送的饭，另一包打开时，我简直惊呆了！竟然是一串风铃花！我伸手抚摸着一朵朵淡紫色的花瓣，一时不知说什么好。他说："你忘了吧，今天是你的生日，我特意给你买的，人家说心情好了病就好得快。"

没有美妙的乐曲，没有动人的烛光，更没有什么甜言蜜语，可是，那一句再质朴不过的话，却似乎将我心底里的一根弦拨动了，我的心轻颤着，眼睛禁不住也湿了，我赶紧低了头吃饭，一滴泪却滑落进饭盒里。

我一遍遍地问自己：这是浪漫吗？这是幸福吗？难道这不是浪漫？这不是幸福？

那场雨就这样永远地留在了记忆里，那串风铃花我再也不舍得从窗檐摘下。多少年过去了，每当天空中飘落下雨滴，每当风铃花叮叮当当唱起清脆的歌，我就在心里告诉自己：其实，幸福就在平平淡淡的生活中，幸福就在一粥一饭的日子里。

孩子，我爱你

看看窗外，天阴得越来越厉害，又要下雪了。

她心里有点着急，怕雪下大了路滑，学校离她的家有四五公里路呢，后座上再带上个张晓峰，恐怕更费事的。躺在床上年迈多病的婆婆需要人照顾，读中学的女儿回家吃晚饭，而这一切又都指望不上老公，他的工作太忙了，每天在家吃饭的时候也极少，更别说帮助她做家务了。

眼前的调皮大王张晓峰还趴在桌上吃力地写着，一会儿抬起头，现出沉思的模样，然后再费事地扳着指头掰过来掰过去的，很吃力的样子。她轻轻地叹口气说：来，我看看，做得怎样了？

张晓峰红着脸，将一本随堂练习慢慢向她眼前推了推，嘴动了动，但什么也没说出来。

她拿起来看了看，随堂练习上的三道大题才做了一半，她可是眼瞅着手把手教呢，鼓捣了半天咋还这样子，这个调皮大王真是让人头疼，她在心里说。

她刚刚接这个班的时候，那个老师就向她介绍过张晓峰的情况：这孩子，没治了！她问怎么回事，那位老师说：整个一个难缠的主儿，他的父母离婚了，母亲嫁了人，父亲在外地打工，他跟着年迈的奶奶生活，打游戏成瘾，没钱就偷，开始偷奶奶的，后来偷别人的，作业从来不完成，但听到打仗像小过年一样……

真是一个问题少年！她接过这个班后知道了张晓峰的厉害，那位老师的话一点也没夸张。这段时间，她对张晓峰简直要失去信心了，可她又不甘心，自己教了这么多年学，优秀老师、优秀班主任、教学能手等荣誉证书存了一抽屉，难道真要在这个少年面前败下阵来？不行，得再试试，这孩子缺少的是爱，自己好好爱他，会不会出现转机呢？

这样想过之后，她心里便打定了主意，每天放学后她都把张晓峰留下来，耐心地给他讲解，帮助他完成作业，她想，这样拉他一段时间，再试着放放，也许会好起来的。还真是那样，这孩子渐渐有了进步，只是基础太差了，一时还是跟不上班。

老师，天要下雪了，我带回家做吧？张晓峰望望窗外阴沉的天空，又望望她的脸说。

她温和的目光落在张晓峰脸上，朝他点点头说：过来，老师再给你讲讲，做完了这几道题咱们就走好吗？

张晓峰答应一声，随即凑到她身旁。

雪，纷纷扬扬地下起来了，天地间全白了。师生两人一个讲一个听，都是极认真的样子。张晓峰终于做完了这几道题，高兴地将本子交到她手里。

她拍拍他的肩说：快收拾书包，咱们回家。

到家时，女儿在用微波炉热中午剩下的饭菜，躺在床上的婆婆正用那只仅能动弹的枯瘦的左手捶打着自己的胸，嘴里说着只有儿媳才能听懂的话：我这没用的人，活着干啥呢？什么也帮不了，呜呜呜……

女儿说：看我奶奶，一看你不在家我自己做饭她就这样子，劝也不听，真是没办法。

她说：你奶奶也是着急，怕你吃不上饭耽误了上学啊。她一边说一边忙着收拾饭菜。

妈妈，你的脚怎么了？女儿见她一瘸一拐的样子，吃惊地问。

没什么，摔了一跤，不要紧的。她轻描淡写地说。她不想让女儿和婆婆看出来，可还是被女儿发现了。路太滑了，车子实在刹不住，那一跤摔得不轻，好在坐在后面的张晓峰没摔着，这是让她心里感到欣慰的。

侍候婆婆和女儿吃了饭后，老公还没有回来，她又弄了热水开始烫年年生冻疮的手了，不管怎么提前保护，这手就是年年冻，试过好多办法，都没当多少事。手上的冻疮暖过来了，痒，火烧火燎的，钻心得难受，她不停地用双手相互交换着搓着、揉着。

第二天的中午刚刚下课，还没等班长的口令喊完，坐在门口靠墙边的张晓峰先跑出了教室，她喊了一声：张晓峰，还没下课呢，你跑这么快干什么？张晓峰根本没有听到，她心里非常生气，这孩子，啥时候才懂事，眼里根本没这个老师，这么急着出去玩雪，唉，真是的！

她低下头，收拾讲桌上的东西，心里仍愤愤的。

老师，快用这雪搓搓手，奶奶说用雪搓手能治冻疮的！不由分说，一只小手已经拉过她的手，将雪放在她手背上搓起来。一阵凉凉的麻麻的感觉，然后是一股暖暖的热流，从手背上往她的全身传去。

张晓峰，你……

老师，快，再搓搓，奶奶说天天搓，很快就会好的！

一串串稚嫩的声音在她身边响起，一张张红扑扑的小脸像盛开的鲜花，在她的眼前绽放，霎时，她感觉一股热浪从心底里直往上涌，她的眼睛湿润了。

她情不自禁地喊了声：孩子，我爱你！

那 时 花 开

玫瑰花开的时候，梅朵更想念娘。记忆里的娘如玫瑰花一样漂亮，娘身上总带着玫瑰花的甜香。梅朵喜欢在玫瑰树下数着花苞，回忆娘的模样。在心里梅朵把玫瑰花就叫"娘娘花"，把浓浓甜甜的玫瑰香叫"娘娘香"。

今年的玫瑰花又开了，梅朵的心情却沮丧到了极点。

一大早，梅朵就趴在床上哭，手里紧攥着刚换下的内裤，梅朵起床时她看到了内裤上的血迹，心情一下子糟糕透了，她将一团棉花包进一块布里，然后垫到内裤里，一趟趟地往厕所跑。梅朵吓坏了，抱着枕头嘤嘤地哭："我肯定要死了，这得的是啥病呢？"

梅朵第一次看到内裤上的血迹时，只有一点点，那是玫瑰花枝刚出芽时，她有些害怕，悄悄捏了到井台上使劲地搓，怎么洗也不大干净，经过太阳曝晒后仍有黄黄的痕迹。这片黄迹一直像影子一样在梅朵脑海里晃动，整个夏天梅朵心里疙疙瘩瘩的。有一天，梅朵实在忍不住了就问奶奶："奶奶，你说人要是流血多了会死吗？""那还用说，人身上的血是有数的。"奶奶只顾低头忙活，看也没看梅朵。

奶奶的话时常响在梅朵耳边，咳，要是娘活着多好啊，可现在……梅朵想着想着又啜泣起来。

"吼，吼，吼什么，哭丧啊！"梅朵爹进门总是这么大吼一声。梅朵吓得一哆嗦。梅朵和小伙伴们在一起时很快乐，唱歌、念书、或者大声地说些话，但只要被爹听到就会遭到痛斥，今天当然更得挨骂了。梅朵赶紧将内裤往枕头下一掖，一骨碌爬起来到锅屋里做饭去了。

爹吃了饭后不再骂人，梅朵走出家门，来到村子后的小河边。傍晚的西天上有一片片红云，像燃烧着的火焰，发出幽幽的亮光。坐在河边的梅朵仍然处在难过中，自己又流血了，是不是得了什么病，没有伤口咋就不停地流血呢，肯定是要死了，想着想着，不觉又流下泪来。

"噼啪……噼啪……"几朵清凉的水花朝梅朵飞溅过来，一阵铃声伴着笑声远去了。"死顺子！"不用看梅朵就知道是在镇上上学的顺子回来了。顺子和梅朵是小学同学，几年前梅朵就不上学了，爹在外面干活，梅朵得在家种地照顾弟弟。顺子总是这样，只要看到梅朵在河边，便用石头猛击河水，晶莹的水花飞溅起来，梅朵嘴里骂着心里并不生气，有时竟感觉有一种莫名的甜蜜。

可是现在，水花飞溅过来时，梅朵心里生出一种从未有过的痛苦，自己快要死了，以后再也见不到顺子了。想到这里梅朵用手抹了抹脸上的水花，泪水又从眼窝里流出来，心里酸酸的涩涩的。

　　大渐渐暗了，一阵湿意袭来，那是河边升起的雾气，这雾气湿湿的绵绵的，似乎有丝丝缕缕的甜香在湿意里漫散着，那是飘来的玫瑰花香。咋办呢，奶奶一辈子没个主意，要不找婶子说说吧，不说也不行啊。

　　梅朵穿过湿湿绵绵的雾气，慢腾腾地来到婶子家里。"梅朵，咋哭了？眼睛都肿了。"婶子坐在那里，用小薄被捂着肚子。"婶子，我有事想问你，我……，婶子，你这是怎么了，不舒服吗？"

　　"没事，来好事了，肚子下坠有点痛，暖和暖和好受些。"婶子随手披了披小被。

　　"好事？啥好事？"梅朵满脸的惊奇。

　　"女人啊都这样，每月得流血，你也该快了，虽然麻烦四五天，有了这个就说明长大了。怎么了梅朵，有事吗？"婶子问。

　　"好事，好事……"梅朵掐指算了算，嘿嘿笑了。"走了婶子，看玫瑰花去了，再见！"梅朵撒腿向门外跑。"这丫头片子咋回事，刚才还像谁欠了她，一会儿高兴成这样，怪事！"婶子小声咕噜着。

　　梅朵一口气跑到奶奶家，奶奶正在收拾一些破旧东西，"奶奶，我来！"梅朵一把抢了过去，可没等收拾又一下扔在地上，"嘻嘻，还是你自己弄吧！"奶奶带着满脸的疑惑看了看梅朵："这丫头，不会是疯了吧？"

　　一朵，两朵，三朵……，梅朵望着满树的玫瑰花扑哧一声乐了："长大了，我终于长大了！"玫瑰花映照着她的小脸，红红的，像天边那片灿烂的云霞。

我的中国心

宋美茹第一次来老年大学时，就被拉到了前排正中位置。

"我的中国心"这个节目，是把歌唱、舞蹈和说唱融合在了一起，是老年大学向文化节献礼的一个大型文艺节目，县领导非常重视。

以往，只要是这种节目，领舞领唱的自然非方素琴方大姐莫属。35年前她饰演的"小铁梅"可谓名噪一时，别看方大姐60岁年纪了，看穿戴，看背影，真不亚于三十来岁，舞台上的方大姐，长长的水袖一甩，清爽的嗓子一亮，一溜烟样的小碎步子跑起来，招招式式柔软自如，见的人没个不夸赞的。

宋美茹退休前是一个中学的音乐老师，在一些活动或电视节目里也见识过方大姐的演技，说实话，她也是从心里佩服。

文化节眼看就到了，在这节骨眼上，方大姐的嗓子偏偏出了问题，在县医院治疗总不见效，没办法，最近只好到省城医院治疗去了。

排练老师是从县剧团请来的，她葱白样细嫩的手把宋美茹从最后一排拉出来，拍着她的肩说："宋老师，救场如救火，您不救谁救？"

到了这种时候，宋美茹也不好使劲推辞，只好听从排练老师的安排。

"我的中国心"开头是歌曲联唱，第一首歌是《母亲》，宋美茹虽然是第一次参加排练，可她不愧是中学音乐老师，听排练老师简单介绍后，很快便融了进去。她的唱腔清脆圆润，舞姿优美动人，当她唱到"不管你多富有，无论你官多大，到什么时候也不能忘，咱的妈……"时，队伍里的老人都被她深情的歌声打动了，有的甚至情不自禁地啜泣起来。排练结束后，大家还沉浸在激动中，有的老人讲着第一次送儿子上学时的情景，有的讲着远方儿子回家时的兴奋，排练老师握着宋美茹的手说："宋老师，谢谢你，有你在这节目定会成功。"宋美茹谦虚地笑笑说："是您指导得好，我先替方大姐顶着，等她来了，还是让她上。"

彩排的时间到了，是安排在文化节前一天晚上，"我的中国心"是最后一个压轴节目，县里领导说让这"夕阳红"红到最后。演员们早早就上好了妆，不管男女都一律穿一身红绸缎的衣裳，个个神气十足，在夜晚的灯光里浑身上下闪烁着红彤彤的亮光。

时间在一分一秒地过去，节目进行到一半的时候，突然一个红色的身影来到了面前，宋美茹一愣，当她看清是方大姐时，心里一下子明白了，方大姐回来了，她离不开自己喜欢的舞台。宋美茹马上大度地走上去，说："方大姐，你回来得正好，节目马上开始了，你准备一下，一会儿上场吧！"

方素琴一听宋美茹的话，眼睛一下子湿了，她紧紧握住宋美茹的手，说："宋老师，我不是来和你争的，我嗓子不行了，我虽然上了妆，穿了演出服，但我是不能上的，我就是想感受一下这里的气氛，也许以后我再也不能上舞台了，不光嗓子出了问题，我的腿也出现了不太好的征兆。"

"不，方大姐，你来了就你上，这节目领唱领舞非你莫属，快彩排了你才去治病的，我还不如你熟悉呢。"宋美茹诚恳地说。

"这，这节目可不是咱们俩商量的事，得老师安排才行。"

两人的话早已被旁边的排练老师听得一清二楚，她也被这一幕深深感动，于是，走上前去对两人说："你们两人谁上都会成功的，只是现在方大姐的嗓子……"

排练老师看看方大姐，又看看宋美茹，不好说什么。

宋美茹拉起方大姐的手说："咱们不如这样，大姐你尽管上，舞蹈算你的，唱歌算我的，怎样？"

"这……"方大姐一听，感动得点了点头。

宋美茹说："老师，你看我说得行吗？"

年轻的排练老师赞许地点点头，笑了。

等报幕员说出节目名称后，一团团艳红的云朵涌上舞台，火红的人群正中,方大姐娴熟动人的舞姿,伴随着婉转清脆的歌声,台上台下的人们都被这优美的舞姿和悠扬的歌声所陶醉,空中响彻着一阵阵雷鸣般的掌声。

最 美 的 手

那年,我刚刚接手一个四年级班,学校就安排了一个亲子活动。因为刚学过课文《我们的手》,所以我决定,活动的主题就围绕手来进行。

规定的时间到了,看看屋子里坐满了大人和孩子,但点名时,却发现少了叶晓敏和她的家长。这孩子平时上课就不爱举手,课间活动也不积极参加,为什么呢? 赶紧往她家打电话,没人接听。看看时间不早了,我决定不再等了。

活动进行第一项,是让孩子们说说父母的手是什么样子的,为他们做过什么。一张张小脸涨得通红,一只只小手高高地举在空中,我用赞许的目光望着他们,不断地向他们点头。

有个孩子说,爸爸的手又厚又大,在我还没上学时就拿了我的手写字画画……

有个孩子说,妈妈的手又白又软,为我织毛衣缝衣服,还会为我扎辫子洗脸……

……

听着孩子们热情洋溢的表达,家长们高兴极了,一道道激动的目光落在孩子们脸上。

第二个项目是我特意设计的,事先也告诉过同学们,是让他们找父母的手。把父亲和母亲分成两组,将他们的身子用事先准备好的布遮住,只让他们伸出一双手,让孩子们凭感觉去辨认,哪是父母的手。

孩子们的情绪激动着，一个个跃跃欲试。

正在这时，教室的门咣噹一声响了，进来的是一个女人。女人高高瘦瘦的，脸黑，神色间带着疲惫。见女人慌慌张张的样子，我先是一愣，待见她把身后的叶晓敏一把拽过来时，我明白了，是叶晓敏的母亲。

我热情地迎上去，拍着她的肩说，来得正好，快，参加活动吧。

老师，我来晚了……

她喘着粗气，黑瘦的脸涨得红红的，显出一副不好意思的样子。

我赶紧说，不晚，你看活动正要开始呢。说着话，我拉着她的胳膊，一直将她送进妈妈的队伍。

先是寻找爸爸的手。孩子们很快进入了角色，纷纷找到自己爸爸的手拉住了，但也有孩子找得不对，还有两个孩子拉着一个爸爸的手，大家见到这情景，都笑得不行，这使活动更增添了乐趣。我拉着找错了的孩子和爸爸，开玩笑地说，看来你们还得多交流啊，什么时候做到心有灵犀就行了。没找对的孩子脸红红的，只朝我羞涩地点头。

开始寻找妈妈的手了。

孩子们排着队，一个个往前走，他们走得很慢，寻找得极仔细，有的孩子用自己的小手一遍遍抚摸着大手，辨认着是不是自己的妈妈。就在这时，一件奇怪的事发生了，大多数妈妈被孩子拉走了，却唯独剩下了一个没人要，而这时只有叶小敏一个孩子孤零零地站在一边，脸涨得通红，一副羞愧难当的模样。我走上前去，鼓励她说，叶晓敏，这个是不是你的妈妈？上前认一认啊！我一边说，一边拉着她的胳膊往那个妈妈身边走，她不情愿地跟着我走了两步，脚步却停止了。

怎么了，晓敏？

老师……

叶晓敏的眼里滚出几大滴泪珠，我更加诧异了。

老师……

她猛地甩开我的手，一下蹲在地上。

晓敏，怎么了？我蹲下身子，捧起叶晓敏的脸。

老师，都是我不好……

这时，那个没被认出的妈妈已经站到我面前，正是叶晓敏的妈妈。

你……

我不解地望着她。

她搓了搓自己的双手，然后又不好意思地把手放到身后，红着脸说，都是我不好，晓敏她……她说着话，眼里渗出丝丝泪花。

你的手？我迟疑地伸出手，将她的手从背后拉过来。啊，这是一双什么样的手，黑瘦不说，粗糙坚硬的老茧布满手掌，手指肚上一道道皲裂的血口子，有的被胶布缠着，血迹渗出来……

你，做什么工作？我禁不住问道。

在杀鸭厂，我听说学校有活动就问妮子，妮子怕我少挣钱，唉，请假要扣三倍工资，可为了孩子，钱算什么！其实，我知道，孩子是嫌我丢人呢。咱一不偷二不抢的，靠自己劳动挣饭不丢人，可这妮子，唉！她仍然搓着自己的一双手，一副愧疚不安的样子。

那一时刻，我突然被眼前这个女人感动了，我一把拉过她的手，高高地举过头顶，对着大家，也对着叶晓敏，高声地说，都看一看，这是我们见过的最美的一双手，大家说，是不是？

台下，响起一片雷鸣般的掌声。

小 辫 水 饺

袅袅婷婷的金子站在他床前时，手里端了一盘水饺，那热气，白茫茫的，在金子和他的眼前缥缥缈缈地绕。

"小辫水饺！"他无精打采的眼睛里立时闪出一道晶亮的光。

金子点点头，目光柔柔的，抿嘴一笑。

元宝样的水饺，白生生的皮泛着亮光，那真叫精巧。翅两边细细的折齐刷刷的，向着一个方向倒。

他情不自禁地抬眼望着金子："金子，是你包的？我母亲也包这样漂亮的小辫水饺，小时候家里穷，只有逢年过节和生病的时候，才能吃到母亲包的小辫水饺。"

金子在床沿上坐下，脸上仍然挂着浅浅的笑："快，趁热吃吧，是啊，记得你说过多次呢，最喜欢吃这种小辫水饺。"

他欠起身，朝金子感激地点点头说："谢谢你，金子，一块吃吧！"

金子长长的直发一甩，歪起小脑袋，有点俏皮地说："我吃过了，你小时候肯定是个顽皮的孩子，装病的样子一定很好玩吧！"

小时候装病骗水饺吃的一幕又在他眼前浮现，那时每次母亲都刮着他的鼻子逗他说："将来啊，一定要找个会包小辫水饺的女孩做我们的儿媳妇哟！"想起这些，他心里忽然生出一缕柔情，抬眼痴痴地望着金子，金子红了脸说："怎么，不认识了，这样看着人家？"然后将头轻轻别到一边。

"金子，小梅怎么没和你一起来？"他说。

"她有事呢。"金子的脸上仍然挂着浅浅的笑。

金子和小梅都非常优秀，都是高高挑挑的身材，是公认的两朵校花，金子和小梅几乎形影不离，要好得简直一个人似的，就连买衣服的眼光也差不了多少。男生们总想找机会和她俩搭上几句话，而金子和小梅不理不睬的，却有事没事地总往他这里跑，她们的心思大家看得清楚，他心里也知道。可是，怎么选择呢，这事可让他为了难。

近来，不断接到家中电话，父亲说母亲的病更重了，恐怕再也熬不了多久，最大的愿望就是能亲眼看到自己的儿媳妇。毕业的时间马上到了，工作也基本定了下来，也就是说，现在到了他必须选择的时候。如今，他暗自庆幸，幸亏自己生了这场病，也幸亏了这小辫水饺。天意如此，又有什么法子？怪只怪自己和小梅没有缘分呢。

他长长地出了一口气，总算一块石头落地了，但不知为什么，心里总是感觉有些不舍，小梅的影子总在他眼前飘啊飘。

结婚后的金子很忙，却保持着和小梅的友谊，两人的关系一如当初。

他依然喜欢吃水饺，但金子总是推说没空包，即使包也不包小辫水饺。有时看他急了，金子就一个劲地耍赖，胳膊揽着他的脖子，小脸贴上他的脸，小嘴巴甜得能流出蜜汁来，大包小包地从超市里提回各种各样的水饺，他便无奈地叹息，心里低低地说一声：随她吧，爱怎样怎样。

超市的水饺总比不上自己包的小辫水饺，一想起那味道，他心里就忍不住地痒。终于有一天，他便自己动手了，抓起电话想给妻子一个惊喜："金子，早点回来，我做了好吃的！"金子咯咯地笑："多准备点，我身边还有一个人呢！"

"好，我多弄点，请你的朋友一块来吧！"

小时候看妈妈包起来很省事，自己却一直也没把妈妈的手艺全学到手，包出的小辫水饺怎么也没那么精致，样子略显粗糙，即使这样也是自己的劳动成果啊，味道肯定错不了，他一边包一边不断地安慰自己。

他手忙脚乱地正包着，门忽然响了。

"哇噻，好厉害，没想到你还有这一手，来，我帮你包！"

"不用不用，你是客人啊，我来就行了，快看电视吧！"金子已经将电视打开了。

小梅说："我可不想当白吃客哟，我得做点贡献！"说着已经拿起了饺子皮，只见她左手半握，右手的拇指和食指轻轻地一折一捏，瞬间便折捏出一条洁白溜滑的小辫。

他呆呆地看着，不一会儿，小梅手下便跳出一个个小辫水饺，那样子漂亮极了，一个个活脱脱带小辫的元宝。那双灵巧的手，那一折一捏的招式，忽然之间将他的思绪带到了几年前那个青涩的岁月里，看着看着，他的眼睛湿润了，渐渐地，蒙上一层薄薄的水雾。

他抬头，泪眼望金子，金子的额头上竟渗出一层细细密密的汗珠。

清 水 芙 蓉

我和芙蓉前后桌，坐在靠窗的南面。芙蓉上课常常走神，喜欢偷偷朝窗外看，那时，窗外的木棉花开得正艳。偶尔几片橘红色花瓣在风中摇曳，芙蓉看得发了痴，发完痴后的芙蓉就开始悄悄写诗。

为写诗的事芙蓉没少遭老师批评，老师说芙蓉啊你这样哪行，数理化样样不及格，语文学得再好也白搭，照样上不了大学。芙蓉当了老师面一声不吭，可老师一走芙蓉一伸舌头扮个鬼脸说，鬼才想学那些枯燥无味的数理化，爸爸早说了，让我顶他的班当工人。

有几次芙蓉歪着脑袋问我，媚媚你崇拜舒婷吗？还没等我回答，她便抢着说，太了不起了，我也想当诗人，当一个像舒婷一样的诗人。

芙蓉说这话时脸上是掩饰不住的自豪，我笑着也连声说好，可我心里却冒出丝丝的凉气，那凉气从心里冒出来一直钻进牙缝里。我将芙蓉想当诗人的事偷偷告诉了快嘴小丽,很快的,全校的师生在背地里都叫她诗人舒婷。

有一次课外活动,芙蓉被老师叫去了,芙蓉的同桌强子手捏了一张纸跳上讲台,强子略带沙哑的声音很夸张地在教室里响起:啊,今夜,我是一朵芙蓉,寂寞地开在清清的水中……强子读到这里时,芙蓉进来了,芙蓉的胸脯挺得高高的,从一片哄笑声中穿过去,看都没看强子一眼。但是,从那以后她又多了个名字叫清水芙蓉。

芙蓉依旧写诗,依旧把写的诗抄在绿塑料皮日记本上。快升高三时芙蓉拿了本《青橄榄》杂志不停地翻,晚上高兴得睡不着,偷偷爬到我铺上一遍遍地读那首诗,读完了还一个劲摇着我的肩问感觉怎样,我说,我感觉到了,这是一首情诗,芙蓉你是恋爱了吧,嘻嘻。

黑暗中我觉得芙蓉的身子有点儿抖,芙蓉说,媚媚,你觉得他怎样? 我说芙蓉你说谁? 他也喜欢写东西呢。芙蓉的声音细细的有点儿颤,我呼地坐起来,看到芙蓉的一双眼睛在夜色里亮晶晶的,我说芙蓉你说谁呢? 芙蓉没说话,摇摇头,轻轻合上眼。

我也下决心写东西了,芙蓉能行我就不行,我哪点比她差啊。那时候,班里订的《中国青年报》由我管理,当时《中国青年报》上正连载张扬的小说《第二次握手》,我一遍遍地读,边读边琢磨,背地里也开始偷偷学着写小说。每次看完连载小说的那张报纸后,我就悄悄放到班长桌肚里,我知道班长也喜欢读书写东西,而那个时候又难以找到可读的书。

有一次,趁没人时我想把报纸放进班长的桌肚,鬼使神差我偷偷翻了班长盛饭的布包,这一翻不要紧,我忽然发现煎饼里夹了小茶碗大的一块榨菜。我当时想也没想,一下子就把榨菜攥在手里,扔到了墙角的垃圾筒里。我恨恨地想,一定是芙蓉这妖精,不是她才怪呢,班长家里穷得叮当响,吃饱就不错了,才不会带榨菜来吃,班里除了芙蓉没见第二个人吃过榨菜。芙蓉的父亲是工人,她家条件好,经常带榨菜来。记得第一次看见芙蓉吃榨菜时,我们围了一大圈问她吃的是什么,芙蓉一人分我们一点尝了尝,那味道好极了,比自己腌的咸菜要强上一百倍。

就在那年年底，芙蓉顶替父亲到工厂当了工人，听说在厂里的供销门头当售货员。春节过后我见过她一次，她那时穿戴得非常洋气，芙蓉的头发是自来卷，她把长长的卷发在脑后挽个髻，还插了个藕紫色的发夹。我仰着头望着她说，芙蓉你又高了，你这模样简直就是丁洁琼呢。芙蓉白我一眼说，丁洁琼有什么好？丁洁琼，她太可怜了！末了我又问，芙蓉你还写诗吗？芙蓉说，写，我要写到八十岁，做诗人，做像舒婷一样伟大的诗人。

不久，我跟随父母转学到了外地，后来就是上学结婚生孩子，写小说的事早抛到了九霄云外，直到孩子长大了，才又提起笔来，阴差阳错我的诗连连在《诗刊》等刊物上发表，我成了一名诗人。这其间也回过几次老家，却一直没联系过芙蓉。

前些日子，我回老家参加一个笔会，和一个朋友谈起了芙蓉，朋友叹口气对我说，芙蓉在一个小区门口修表呢。修表，芙蓉会修表？我很惊奇。朋友说，何止是会修表啊，去看看她吧，去了你就知道了。

我找出一本自己刚刚出的诗集，在扉页上工整地写下"清水芙蓉雅正"几个字，我揣上书，边走边在心里想象着芙蓉的样子。

我在修表亭前的水果摊前停下脚步，向一个身材滚圆的中年妇女打听道，这亭子的主人可叫芙蓉？怎么没在这里？女人狠劲啃了一口手里那个烂的半边的苹果，抬头看了我一眼说，找她干什么，修表吗？我说，不是，你是？我就是芙蓉，怎么，看我干什么？我叫芙蓉不行吗？不是，不是，我只是打听一下，我……我嗫嚅着。

打听什么，不买水果不修表打听啥呀？

这时，一群人拥过来，她边招呼边迎了上去。

她的嗓门很大，在和那些人讨价还价，我叹口气，摸摸怀里的书，调头走去。

起风了，几片嫣红的花瓣在空中飞舞，然后，又落到地上去。

第六辑 / **乡下母亲没名字**

春　雨

　　暮春时节的一个午后，天空中突然出现了团团云层，不一会儿，细细的雨丝开始从天空中飘下来。

　　"啊，下雨了——下雨了——"

　　"下吧，下吧，我要开花——"

　　"下吧，下吧，我要发芽——"

　　校园里顿时沸腾了，孩子们穿梭一样奔走着，欢呼着，清脆稚嫩的声音，响彻整个校园的上空。于是，一扇扇窗打开了，一张张和蔼的笑脸从打开的窗口露出来——是刚刚从课堂回到办公室的老师！他们被孩子们高涨的情绪所感染，眉里眼里全是笑。这时，有一位年长些的老师，将双手从窗口伸出来，试图让雨点落到手心里，让身体来感受一下这久违的清凉，也使自己已干涸了的心田得以湿润。更有几个年轻老师早已沉不住气了，丢下手里的书本，开了屋门，也冲进院子里，立刻汇入到喧闹的孩子们中间，融进这欢乐的海洋。

　　整个沂蒙大地干燥得太久了。自从去年的八月十五夜里下过一场中雨之后，整整一个冬季也没见到一片雪花，春节时就见有人在十字路口摆上丰盛的供品来祈求老天爷下雨，却也没求下半个雨点。如今，春天已经过去了大半，才终于见到了这缥缥缈缈的雨丝。雨虽然下得小，可这是春雨啊！俗话说"春雨贵如油"，这如丝如缕的春雨，似在人们心底的弦上轻轻地拨了一下，人们的心便颤颤的，怎能不感到欢喜？

　　十多天前，趁着周末休息的时间，我出了县城到郊外游玩，等来到地里一看才知道这沂蒙大地有多么干渴，田野里的麦苗只有叶子的根部泛出一点暗黑色的绿，叶梢儿干枯了，大半个叶子卷曲着枯黄了，不远处的山上也看不到多少青模样。往年的这时候，我也是一定要出城来踏青的，可完全不是这样的情景。见山脚下地里有一位老者，我便过去攀谈起来："大爷，今年的干旱是不是很厉害？庄稼受到的影响大吗？"老人叹了口气，用满是哀愁的目光望着地里的庄稼说："你看，这地里都快要冒出烟了啊，几十年没遇到过的大旱啊，要是赶紧浇上水，兴许还有救，唉，这老天爷！"接着，老人用手向南方指了指说："山那边已经有解放军在帮我们打井抗旱了，也许水很快就到这里来。"告别了老人，我继续朝老人手指的方向走去，一直到了离城二十多里外的杨山脚下，便见到了老人说的情景。不远处，一辆辆草绿色的军车轰轰隆隆地开着，一座座井架高高地竖立在田野，不时也能看到一队队绿色的身影在忙碌着。我停下脚步，望着面前的这一切，心里一方面感动着，同时，又禁不住有点忧心忡忡，如果老天爷不开眼，光凭了这些解放军官兵，又怎能彻底解决这整个沂蒙大地的焦渴？

没想到，今天这老天爷真的开了眼！

沙沙沙，沙沙沙，雨声响起来，雨丝变得越来越密了。

孩子们仍然在追逐着，笑闹声，有的还唱起了自己编的歌谣，他们的欢声笑语和沙沙的雨声交织在一起，汇成了一首动人的交响曲。

雨越来越大了，孩子们四散着跑回了教室。稠密的雨线叭叭地敲打在玻璃窗上，天地间织成了一道灰蒙蒙的大网，一切都笼在薄薄的烟雾里，雨中的校园变得一片迷蒙，充满了脉脉的温情，也更显得如烟似梦。

哗啦哗啦，雨声响起来……

忽然忆起小时候时奶奶说过的话："大自然是有生命的啊，风是大自然的呼吸，雨是大自然的呼唤……"

于是，我来到窗前，凝神倾听……

我仿佛听到了，在这场雨的呼唤和呐喊声中，有无数个新生命从睡梦中苏醒。透过薄薄的雨雾，我看清了校园里的花木都已经冒出了嫩绿的新芽，高的柳树杨树，矮的冬青和一些叫不出名字的花草，似乎在这场雨中一下子长出了许多，它们都在为欢庆这场喜雨而舞动着腰肢，尽情地接受着雨丝的抚摸。一切都是那么新鲜，一切都在这久旱后的春雨中显出一派勃勃的生机，每一根树枝，每一片树叶在雨水的冲刷下荡涤了浮尘，好像都变得有了奔突的生命力，跳跃着一股鲜活的力量。

这久别了的雨，使整个校园多了一种诗意的梦幻之情。

我的心怦然一动，蓦地，有几行诗句涌上心头，我急忙回到座位上，提起笔，在纸上写起来：

沙沙沙，沙沙沙，

是谁的脚步那样轻？

麦苗儿听见了，

睁开惺忪的睡眼，

小草儿听见了，

拱出厚厚的土层，

柳条儿听见了，

舒展着柔软的腰肢。

啊，细细的春雨，

是那样轻盈洁净，

丝丝缕缕

编织出一个个美丽的梦。

放学了，雨还没有完全停下，孩子们排成了长长的队伍，向校园外走去。花的雨衣，花的雨伞，花的书包，花的衣服……这五颜六色的彩色世界，洋溢着一股清新温暖的诗意，汇成了一幅多姿多彩的梦幻情境。

乡下母亲没名字

　　这是我猛然间发现的，在我的故乡，一个贫穷落后的小村庄里，女人在做了母亲之后，婆婆家不会有人再喊她的名字了。也就是说，一个女孩子出嫁后，做女儿时的名字连同自己青春岁月的梦，便永远地被尘封在时间的某个角落里，成为一段遥远而惆怅的记忆。

　　儿时的记忆里，那些我喊奶奶的老女人，只是谁的娘谁的奶奶，从来就没听别人喊过她们的名字。当时是在生产队吃大锅饭时期，每一季都要分好几次东西，分给谁家的东西是要写上谁家家长的名字的，队里有几个没名字又失去了丈夫的女人，她们的名字便成了夫姓后加娘家姓再加一个"氏"字。我的三爷爷去世早，三奶奶娘家姓王，那么三奶奶的粮堆上就用地瓜或者玉米棒子压着"高王氏"字样的小纸条。后来，我渐渐发现还有几个粮堆上也写了"高刘氏"、"高贺氏"之类的字样，这些相似的名字让我觉得怪怪的，为什么她们都取什么氏这样的名字呢？当我长大后才弄明白，原来，传宗接代的封建思想在农村人的头脑中根深蒂固，他们认为上学是男孩子的事，男孩子要学好本领，将来才能养家糊口，女孩子迟早是人家的，上学是与她们无关的事，所以连名字也懒得给她们起。

　　可是，我的奶奶和其他同龄的女人是不一样的，不光是因为她有着清秀的外表和高贵的气质，更因为奶奶有一个美丽的名字，这在那时的农村里是很少见的。奶奶姓刘，出生在济南府的一个大户人家，嫁给我当时在部队服役的爷爷时她就是有名字的。奶奶上过外国人办的教会学校，有文化懂些医术，学识渊博的爷爷自然对奶奶怜爱有加，私下里又给奶奶取了个雅致的名字，叫做"雪岑"。后来奶奶跟随爷爷来到了我们农村的老家，我和爷爷奶奶在一起生活了好多年，却从没听爷爷喊过他为奶奶取的美丽的名字，美丽的奶奶总是怕人知道她有名字，好像这是一件见不得人的事。我们也是从我的老奶奶，也就是爷爷的后母无休止的诅咒和冷嘲热讽中以及几个远房奶奶酸溜溜的话语中知道了奶奶的名字。直到今天我还在揣想，当年的老奶奶年龄比奶奶大不上10岁，和我的奶奶、远房奶奶们可以算作是同龄人啊，在她们说那些诅咒、冷嘲热讽和酸溜溜的话语时，到底是一种怎样复杂的心境呢，或许有些无端的怨恨仇视，还有些无奈、有些哀叹命运的不济，更多的还是向往羡慕吧，也许连她们自己也说不清楚。

后来，我跟随父母到了城里，看到大多数城里的夫妇都相互称呼对方的名字，并且还把前面的姓氏去掉，也许在他们看来这样更亲切，更有味道，但对于像我这样从乡村里走出来的人来说，总感到有些别口、浅显、夸张和不实在，和质朴淳厚的泥土味不相称。而我进城多年的父母亲仍然保持了在农村生活时的习惯，父亲喊母亲时从来没称呼过名字。

前些日子听同事讲了这样一个笑话，班里有个孩子在作文中这样写道，爸爸的名字叫"哎"，因为妈妈喊爸爸时第一句就是"哎"，而妈妈的名字叫"我说"，因为爸爸需要妈妈做什么时开口一定是"我说"。当时我们聊起这事时就一起哈哈大笑，但过后仔细一想，自己的父母生活中何尝不是如此呢。"哎，东园里玉米应该锄锄草了吧！""哎，咱们的碳快烧净了，你该去买了吧！"妈妈一说话"哎"字就挂在了嘴边。"我说，明天孩子就回来了，别忘了多买菜啊！""我说，三婶那边得过去看看了，帮她拾掇拾掇！"他们说起来极其自然，而我们也早已习以为常了。

去年，我又回到了农村的老家，家乡不再贫穷落后，到处是一片生机勃勃的景象，经济的飞速发展使人们的腰包日益鼓胀起来，也使他们的个性逐渐地张扬。那天，和我们一起吃饭的有几对年轻的夫妇，他们也像城里人一样，相互间直呼着名字，有的也把名字前面的姓氏去掉，年轻的乡村女人们动作风风火火大胆夸张，再也见不到那种羞涩的小女人状。看着她们，我心里想，乡下母亲没名字的时代已经永远地翻到了历史的前一页。或许随着一座座高楼的崛起，那些人，那些事，已经深深地埋藏于自然而质朴的土地中去，只有在偶尔闲坐闲谈的时候，一缕芬芳才会又悄悄地来袭击我们的记忆。

诗 歌 与 我

对于诗歌，我从来就没有研究过，但心里却一直喜欢。

是从什么时候开始喜欢诗歌的，我也说不清楚。仔细想想，应该是从20世纪80年代末期吧。1989年的秋天，我正在临沂教育学院读书，在那里我读到了席慕蓉的诗，并且一下子就喜欢上她。那个秋天，我真真切切地迷恋上席慕蓉，心里总是涌动着一种莫名的感动。这是一个怎样的女人啊，拥有着一颗怎样美丽精致的心，洁白的爱情，真挚的亲情，美丽的人生，淡淡的乡愁，每一种情怀在她的笔下都让人心动不已，那种淡雅剔透、抒情灵动，直美得让人心疼。

于是，我开始喜欢诗，一遍遍地读《一棵开花的树》、《莲的心事》、《雾起时》、《初相遇》……那无怨无悔的爱，那深情的回眸，那擦肩而过的无奈，那初相遇时懵懂的心跳，那云淡风轻的挥手道别，这一切的一切，简直太美了！从此，只要遇到席慕蓉的诗集，我就会毫不犹豫地买下来，好多好多的诗句我都能背诵下来。

就是那时候，我开始偷偷写诗的，当时班里有几个对文学痴迷的同学，他们的诗文已经在许多报刊上发表过，这让我在暗地里很是羡慕。教我们写作的是刚从山东师大毕业不久的孙激波老师，他是一个年轻的诗人，讲起课来激情澎湃，我们都知道他发表过一首灵动新颖的诗歌《太阳雨》，在当时引起了诗歌界很多人的关注。那个时期，文学在我们每个人的心里是崇高而伟大的，热爱文学是受人尊重的。就是在这种浓郁的文学氛围里，我也抱着一颗蠢蠢欲动的心提起了笔，我买来一个个精致的小本子，把写好的诗认真地抄写在上面，并且在旁边画些花花草草用来点缀，几个小本子用完了，但抄在上面的诗我却从来没敢往外投寄过，也不好意思拿出来让人看，因为我知道自己的幼稚，在这方面只能算一个有兴趣爱好的小学生，从来就没有想过要发表什么的，只是以此来寄托自己的一份心绪而已。有时候，我也拣了自认为得意的诗读给家人听，可家里人总是不屑一顾，认为我弄这些东西没意思，我心中顿时黯然，但又想想，自己有这样一份心绪，别人未必会有，何必强求别人认同呢，这样一想，忧郁的心顷刻间便变得开朗释然了。

再后来，我又喜欢上汪国真，他的诗最能打动我的是那首《默默的情怀》，到如今我仍能背诵如流。还有那首《感谢》也是我非常喜欢的，但无论怎样喜欢，都不能和席慕蓉相比，因此，在读汪国真的时候，我心中念念不忘的仍然是席慕蓉的诗。这其间，也曾读过舒婷，读过海子……也曾狂热地迷恋上"黑夜给了我黑色有眼睛，我却用它来寻找光明。"但无论如何，也没有谁能撼得动席慕蓉在我心里的地位。

到了20世纪90年代初，我在一堂语文课上对孩子们讲到了文学的重要性，讲到了文学对人们生活的影响，顺便就提到了席慕蓉，当场背诵了她的《乡愁》。我不知道当时孩子们是否能够听得懂，但我从一双双闪闪发光的眼睛里，读到了一种深深的渴望和高涨的热情，后来我才想也许孩子们是在我热情的感召下才这样的吧，但不管怎样，当时我在孩子热切的恳求下把《乡愁》抄到了黑板上，孩子们屏住气将诗歌认真地抄在小本子上，一遍遍地读，直到能够背诵。再后来，随着年龄的增大，我读诗读得少了，更不用说写了。

直到2006年年底，我认识了县里几位颇有成就的作家朋友，在他们的关怀指点下，我又重新拿起笔来，也开始发表点小东西了。我感谢他们，是他们的引领和鼓励才使得我恋上文字，爱上文学，才使我得以坚持着写作。后来有幸认识了诗人尤克利，记得当时他刚刚从北京参加第23届青春诗会回来，那是我第一次见到诗人，也是从那次活动以后，我阅读了尤克利大量的诗歌，他的诗较之席慕蓉的诗要难懂一些，但我却能从整篇中体会出诗的含义，体会出诗人思念家乡、思念亲人、背井离乡四处漂泊的那种游子的情思，我喜欢上了他的诗，好多时候，读着读着，我觉得又找回了当年读席慕蓉的感觉。

2008年6月8日那天，正好是端午节，端午节又称"诗人节"，在那个特别的日子里，我们县里的文友们又相聚了，酒桌上诗人带来了他新出的诗集《远秋》，为我们一一签名赠书，还有饭后的诗歌朗诵，都给我留下了难以忘怀的记忆。我得到了诗人赠送的一摞书，拿出几本送给几个喜欢诗歌的朋友，其余的留给了自己，办公室的桌子上，睡觉的床头上，几个书架上，都分别放上一本，闲暇时，伸手摸过来便可以读一读，那份感觉真是好极了，好多诗我读了不知多少遍，甚至都能背诵出来了。

如今，在写作方面，我的大部分时间用在了写小说上，可有的时候，心里仍然有一种说不清的念想，在清晨，在黄昏，在有月亮的晚上，在有星星的夜里，心中总有一份朦朦胧胧的思绪，一份痴痴恋恋的向往，这种时候，我就想用诗句来表达出那种说不清道不明的心绪，构思写作之时，在文字的表达上我常常会借助尤克利的诗，对着他的诗集，随意翻动，随意读着，借用一些可用的意向，然后再修改自己的。写出的这种东西，姑且叫做诗吧，从来没有想过要发表或者怎样，只是在某些特定的时候，来表达自己的一种心绪而已。

有人说，诗是属于年轻人的。我虽然早过了做梦的年龄，青春年华也早已离我远去，但我却仍然喜欢诗。我曾经对诗人尤克利说过，如今读诗，只读席慕蓉和尤克利。他笑着说，你就忽悠我吧。我也笑笑说，真的，信不信由你。

黄 鼬 大 仙

在我们老家是把黄鼠狼叫作黄鼬的，人们都敬畏地称它为"大仙"。小时候生活在农村，一些上了年纪的人常常讲黄鼠狼的故事，讲得神乎其神，认为这种动物是有灵性的，如果你要冒犯了它，那么灾难就会降临到你的头上了。那时候我对大人们的话是深信不疑的，因为有许许多多发生在身边的事情证明了大人们的话是正确的。

我有个远房的七爷爷是个能工巧匠，制作出的一种笼子能捕捉黄鼠狼，活捉的黄鼠狼皮毛没有受到损坏，大约能卖上5元钱，那个时候5元钱可不是个小数目啊，全家人在队里干一年的活，年终也就是分到几十元钱。我的七爷爷就是靠着这个手艺，过早地过上了优裕的生活。人们在羡慕他的同时，也在不停地诅咒他，说他早晚会受到"黄鼬大仙"的惩罚。

果然被人们言中了，七爷爷真的就受到了惩罚，并且是严重的惩罚。就在七爷爷四十几岁时的一个夜里，他捕捉到了一只大大的黄鼠狼，那只黄鼠狼浑身的毛油亮油亮，在月光下一闪一闪发出耀眼的光，七爷爷的眼睛也闪亮闪亮的，几元钱马上又到手了，这钱可派上大用场了，明年女儿出嫁时一定会办得风风光光。可是，意外发生了，就在七爷爷眼睛盯着黄鼠狼赞不绝口，憧憬着美好未来的时刻，他忽然感觉到一阵头晕，一个趔趄栽倒在了地上，从此再也没有站起来。

七爷爷猝死的消息迅速传开，那些上了年纪的人在街头巷尾一遍遍讲着七爷爷的故事，他们浑浊的目光在这时变得是那样精神，闪动着异样的光，我们这些小孩子被他们绘声绘色的讲述所折服，也深信七爷爷的死一定与那种小动物有着密不可分的联系，从此对这些小生灵们更生出一种敬畏。

还有一个故事一直在当地流传着：有几个顽皮的后生从一个老宅里捉到了一只白嘴巴的黄鼠狼，他们把它扣在筛子底下，用树枝不断地戳着它的嘴巴和身体来取乐，老黄鼠狼悲哀的号叫和乞求的眼神根本就没引起那帮小子们的同情，他们反而更加逗弄它寻着开心。当时我一个老爷爷扛着镢头正从这里经过，被眼前的这一幕惊呆了，他连连喊着："快住手，快住手，你们要惹祸啊，难道你们不知道千年黑万年白吗，这可是白大仙，赶紧把它放了！"在老爷爷的怒吼声中孩子们一哄而散，老黄鼠狼终于得救了。几天后，我这个善良的年逾七旬的老爷爷却得了一场怪病，几天几夜不吃不睡，又蹦又跳，还学女腔唱着京剧，传说唱腔悦耳动听能与梅兰芳媲美。奶奶每次讲这个故事时，末了总是加上一句："唉，难道那修行万年的大仙也欺负人不成，它怎么不去处罚那些折腾它的后生，单单把灾难降临到给它说情的人身上？"

后来我长大了，当奶奶再次讲起这个故事时，我便从科学的角度分析，试图让她明白那些奇怪的事只不过是一种巧合罢了。像七爷爷的死可能是心肌梗塞所致，老爷爷的病也根本不是黄大仙所为，而奶奶对我的分析总是嗤之以鼻，然后再找出流行在乡间村野里的一个又一个的故事，反过来试图将我说服。

那时候，这种故事不知道听到多少个，一个故事被人们添枝加叶后又不知要讲多少次。所以，在童年时代我一直对这仅仅比老鼠大一点儿的动物有着一种敬畏，与我的父辈祖辈们一样地在心里供奉着这小小的生灵。

如今，农村的生活发生了翻天覆地的变化，现代化建设让那些旧宅老院一去不复返，也毁掉了那些小动物小生灵们的家，现在大多数农村孩子已经不认识黄鼠狼这种动物了，更不用说让他们相信那些大仙留给我们的传奇故事了。

黄鼬大仙的传说渐渐远去，那种曾经让人敬畏的小动物已经濒临绝迹，也许它们再也不会侵扰人类与牲畜了，但这对于人类来说不知道是应该感到喜悦还是忧惧？

悠悠女儿心

听妈妈说，我的名字是奶奶给起的。在我很小的时候，就觉得自己的名字和别人的不大一样，老是觉得不如小伙伴们的名字好听，心里直埋怨奶奶给自己取名叫"薇"，而不是取一个"花"呀、"菊"呀、"芳"呀什么的。

好多次我问奶奶自己的名字是什么意思，奶奶总是答非所问："你的名字可好着呢，奶奶希望你长大后成为一个像你的名字一样的人，一个质朴、美丽而又雅致的人。"知道自己有着这样美丽的名字，我简直高兴极了，那张并不美丽的小脸上绽放着花儿一样的笑容，仿佛自己也成了一朵美丽的花。

上学识字后，学会了查字典，我想做的第一件事就是查一查自己的名字。"薇：古书上指巢菜。"我只觉得脑袋轰的一声，怎么是这样？又急忙翻字典找："巢菜：一年生或二年生草本植物……或称野豌豆。"哦，这就是我的名字的意思？这可不像奶奶说的那样，哪里有什么美丽可言？那些日子，我那一颗原本明净透亮的少年的心，变得黯然神伤了好一阵子。

上中学了，奶奶也已经去世几年，自己名字的事早已经不再放在心上。但是，当有一天大街小巷都响起邓丽君的歌时，我那原本平静的心不觉间又泛起了微微波澜，"蔷薇蔷薇处处开，青春青春处处在……"优美动听的歌声打动了我，我买来录音带反复地听，小时候曾经出现过的那种美丽情怀又重新在心里涌动。是啊，蔷薇，不正是青春、美丽、浪漫、雅致的写照吗？

到了20世纪80年代末期，当席慕蓉的诗歌席卷大江南北的时候，我也深深地迷恋上她，也模仿着诗人的口吻，偷偷地抒写着自己默默的情怀，暗暗描述着自己莲的心事。静静的夜晚，我一遍遍地想象着那"一棵开花的树"是怎样的凋零悲伤，那"野生的蔷薇"是怎样的冷艳凄凉。而那时的我，是那么的期待，期待着也能在一个画荷的午后，有一个人与自己擦肩而过，然后转身向着我深深的回眸。

4年前，家里有了电脑，我开始学会了上网，给自己取了网名叫"薇雨飘飘"，因为我喜欢自己的名字"薇"。不管是巢菜，或者是野豌豆，还是野蔷薇，在我的心中永远都有着一样的美。

虽然我没有像奶奶说的那样，成为一个质朴、清纯、美丽、雅致的人，但我却能努力地保持一份纯真、浪漫的情怀，努力地保持一颗悠悠女儿心。

窗　　口

离施工现场老远，就看到聚拢的人群。我赶紧下车，往那边走去。

"谁要拆，我就死给谁看！我这把年纪了，怕啥？"

一个苍老的声音透过人群传出来，我吓了一跳，又出现了什么情况？这老人的事可得好好处理，处理不好，工程无法进行不说，还破坏了群众关系。我作为市里拆迁领导小组的一员，深知事情的重要，有时候看上去是一些小事，往往会耽误大事。

"大爷，您先起来再说好吗？"工作人员心平气和地说。

"不起，谁说也不起！谁要敢拆这个幼儿园，我就死给他看，你们看看，这里离公园那么远，广场为什么非要建到这里？"老人的声音有些嘶哑，如布裂的声音回荡在秋风里，让人听着有些悲凉的气息。

这是在一个幼儿园门口，几个工作人员正耐心地劝说躺在地上的老人。从门口望进去，我看到幼儿园里的大型玩具和花花草草仍然完好，一点儿没有损伤。离幼儿园不远的那座9层高的居民楼几天前还高高耸立着，现在已成为一片废墟，一些民工正在收拾残余的瓦砾，吵闹声惊扰得他们不时停下手中的活计，嬉笑着，朝这里张望。

人群自动向两边分开，给我们让出一条路。

我眼前出现了躺在地上的老人。

"大爷，整个拆迁工作是市里的决定，如果您有孩子在这里上学，那我告诉您，市里都已有了妥善安排，您放心好了，我看您也是明白人，不会阻挠我们的拆迁工作吧，您先回家，有什么事我们好好商量。"我蹲下来，伸出手，想把躺在地上的老人搀起来。

"你是谁？我不和你说，我要和市里领导说话！"老人翻了翻眼皮，头仍然勾在肩膀上。

"大爷，这就是市里领导，来看望您了。"旁边有人说。

"你是市里的？真的？你们不会不管人民死活吧，我不同意拆这个幼儿园，你们要是真拆，我就死在你们面前！"他的眼睁开了，浑浊的泪流出来，一滴滴落到地上，身子也在轻轻颤抖着。

我心里像被人猛揪了一把。拆的是幼儿园，也不是他的房子，他怎么急成这样："大爷，您住在哪里？我们送您回家好吗？"我想还是先安慰他回家，然后再做进一步打算。

"我不回家，我就在这里，看你们能怎样，我一个孤老头子怕啥！"老人的样子非常固执，一副豁出去的样子。

"大爷，您先回去，有什么要求我们一定会妥善处理的。"

老人犹豫了一下，说："你说话算话？"

"算，一定算！"我坚决地说。

"这……"

"起来吧，大爷，您还是回去吧！"我用热切真诚的目光望着他，再一次向他伸出了双手。

老人终于跟随工作人员往路那边走去。

"我家就在路那边，从窗口正好看见这里，你们只要一动手我就过来！"老人边走边甩下这样的话。

我心里对他这种恐吓的语调颇有些不以为然，心想只要他回去了就好办了，一鼓作气拆它个底朝天，看你能够怎样。但又一想这样做也不行，如果拆迁的安抚工作做不好，万一弄出个事来更麻烦了。

夜晚，我躺在床上翻来覆去睡不着，老人焦虑急切的样子一直晃动在眼前，他这样没命地阻止拆迁一个幼儿园，这中间肯定是有原因的，这到底是为什么呢？

第二天一大早，我们工作组再一次来到工地上，一会儿，老人又气喘吁吁地赶来了。我快步迎上去，紧紧握住老人的手说："老人家，您来了，还有什么事尽管说，政府一定帮您解决，但是您也要顾全大局啊！"

"我知道自己的要求是无理的，可是，我还是希望这个幼儿园能留在这里……"老人的话不再像昨天一样强硬，他的脸上掠过一片无奈和悲哀的神情。

"老人家，这里又脏又乱也不安全，您还是回家吧，等广场建成了，您就可以天天在这里玩呢！"这次，我牵起老人的手时，老人很顺从，竟然跟随我往回走去。

一会儿工夫，便到了马路对面老人的家，穿过老人凌乱的小院来到屋子里时，眼前的情景禁不住让我们大吃一惊，屋子里比院子里还要凌乱，所有的家具上都蒙了一层厚厚的灰，地上的尘土更是厚厚的一层，将原来白色的地板砖都完全盖住了，但奇怪的是靠北墙的窗户底下，有一块一米见方的地板却是洁白明亮的，同行的几个人都呆呆地望着老人，又相互看看，心里隐隐约约地明白了一些什么。

"老伴早年就去世了，一双儿女也远走高飞了，你们有谁知道，我每天在这里看幼儿园里那些孩子们蹦啊跳啊，心里有多高兴啊，如果这幼儿园拆了，我以后还怎么活啊！"老人说着，低下了头。

哦，原来是这样！

我一步步走向那片洁白光亮的地板，向窗外望去。幼儿园的大门正对着窗口，透景墙内的花坛里，半开半靡的菊花在明亮的秋阳里开得灿烂多姿。此刻，这美丽的景色，却不能使我愉悦，我突然觉得，自己的一颗心正一点点地往下沉。

我猛地转过身子，望着那张布满皱纹的脸说："老人家，您放心吧，以后，您不会再这么孤单了！"

老人望望我，又望望窗口，疑惑地点点头。

我松开老人的手，大踏步地朝外走去。

百 子 拜 寿

　　沂河，像一条长龙，从苍苍茫茫的大山里游来，到这里拐了个弯，在拐弯处有个小王庄，有十几户人家散散落落地撒在山坡上。

　　和小王庄隔河相望的临沂城里，来了一个叫山田的日本中佐，是个杀人不眨眼的魔头，老百姓对他是恨之入骨，却一时又无法将他除去。那年秋天，一场血腥的战争之后，山田突然得了一种怪病，整天神魂颠倒，恍恍惚惚，夜里总做噩梦，一忽儿掉进大海，一忽儿落下悬崖，醒来经常惊出一身冷汗。每当这时，山田就从床头抓起带刺刀的长枪，发狠地朝墙上一阵猛刺，嘴里发出一阵叽里哇啦的号叫。

　　身边有人说莫不是被邪气撞了，小王庄有个桃核王能降妖驱魔。

　　话刚出口，一个响亮的巴掌早已拍上那人的头顶："你才中了邪！"

　　山田是个中国通，但他不信流传民间的驱邪说法。

　　可这病总也不见好，这叫山田忧心忡忡。

　　那天夜里，山田又恍惚起来。于是，他不再睡，起床来到院子里，对着墙边的草人一阵乱刺，然后喊来那个挨他巴掌的人："快，快去把小王庄的王核桃找来。"

　　那人点头如鸡啄米，边点头边更正说："少佐，是桃核王，不是王核桃。"

　　山田的刺刀从草人的肚子里猛地抽出，往空中一扬："少啰嗦，我说王核桃就是王核桃！"

那人哈着腰，赶紧退出去。

"桃核王"王富强很快被带到临沂城里。

"你的，治不好少佐的病，死了死了的有！"当一把寒光闪闪的刺刀架在王富强脖子上时，王富强吓得一哆嗦，一张神情古怪的脸，让人猜不透他到底在想什么。

王富强家祖祖辈辈做篾匠，祖传的手艺耍到他这里就更加发扬光大了。王富强成了桃核迷，只见一把陈旧锋利的刻刀在他粗大瓷实的手里上下翻飞，一件件活灵活现的桃核雕品便脱手而出。飞禽走兽，花鸟鱼虫，童子仙女，刻什么像什么。渐渐地，人们忘了他的名字，都称他"桃核王"。

"桃核王"不光会做篾活刻核桃，还会制作炮仗。逢年过节还有庄里人办公事，富强就特别忙。

那年春节刚过，节日喜庆的爆竹声里，富强陪媳妇去十几里外走娘家。

乡里自古流行着桃树驱邪的说法，能向"桃核王"讨得个物什挂在孩子手腕或脖子上，自然是漂亮又吉利。因此，富强还没进门，院子里已候了许多人。

夜深了，天上看不到月亮，小雪花刷刷地飘起来，周遭一片寂静。窗户上富强的身影还在昏黄的煤油灯影里晃动。

就是那天深夜，日本兵突然扫荡了这个村子。血洗后的村里血流成河，情景惨不忍睹，整村的男人都倒在日本人枪口之下。活下来的女人从柴堆里找到了满身是血辨不出模样的"桃核王"，他身上被鬼子捅了5刀，留下了7个窟窿，脸也被烧变了形。"桃核王"真是命大，竟然还存了一口气。

奇迹般活下来的"桃核王"，从此神情呆滞，整天闷声不响地坐在那里，不停地摆弄桃核。只是他的刀法更娴熟，刻出的东西也更精致。死里逃生的"桃核王"名气更大了，沂河两岸方圆百里之内，没人不知道"桃核王"。

山田见王富强哆哆嗦嗦的样子，一抬腿踢了他一脚，鄙夷地说："你就是桃核王？你会治病？"

王富强的身子依然颤着，头一个劲地点。

山田在王富强面前踱着方步，围着他转了一圈，吼道："那怎么还不赶快点！"

王富强嗫嚅着："治是能治，就是得费点事。"

"有屁快放！"山田轻蔑地斜了富强一眼，心里有点不耐烦。

"太君这病得'百子拜寿'才能消除。"富强弓着腰，一副谦卑模样。

"什么'百子拜寿'？少啰嗦！"

"就是刻一百个前心后背都带'寿'字的小人儿，然后组成一个大'寿'字，等太君生日时亲自把它供在显眼的位置，才能奏效。"

"这么麻烦，那就快快回去做，要是治不好，我就宰了你！"山田大吼一声，拂袖而去。

山田的生日到了，"桃核王"捧着一个精美的盒子奉上去。"桃核王"再三嘱咐，只有到了日头当顶的正午时分方能开盒，并且一定要沐浴更衣之后，本人亲自开盒才行，否则不会灵效。

山田白多黑少的眼珠子转了转，说："可以，但开盒之前，你是不能离去的，并且，还得把你的家人也带到这里来。"

这歹毒的老狐狸！王富强暗暗骂着，但还是点点头。

拜寿的人真多，王富强从来没见过这么热闹的场面，惊得他一直瞪着一双烧得吊梢的眼睛，心里暗暗感叹着。

开宴的时候到了，山田队长让人押着王富强和他的家人们，一起守在自己身旁。他上前小心翼翼地开了盒盖，眼前呈现出一个暗红色的古色古香的大寿字。那是一百个形态各异的孩童组成的，活灵活现，栩栩如生。山田微微点头，伸手轻抚在寿字上。身旁的爪牙们也探头探脑，叽里哇啦地赞着。山田咧开大嘴，扭头对王富强说："你的，做得不错。"

山田的话音刚刚落地，突然间，就是一声惊天动地的巨响，一团火焰腾空而起。

当四面八方的人们听到响声赶来时，整个宴会场早已变成一片瓦砾。